因为海阔天空
所以别开生面

我们如此深爱

高 树 / 著

海天出版社
HAITIAN PUBLISHING HOUSE
·深圳·

图书在版编目（CIP）数据

我们如此深爱 / 高树著. — 深圳 : 海天出版社，
2021.1

ISBN 978-7-5507-3044-1

Ⅰ.①我… Ⅱ.①高… Ⅲ.①诗集－中国－当代

Ⅳ.①I227

中国版本图书馆CIP数据核字（2020）第228902号

我们如此深爱
WOMEN RUCI SHENAI

出 品 人	聂雄前
责任编辑	刘翠文
责任技编	陈洁霞
装帧设计	李松楠 书籍设计工作室

出版发行	海天出版社
地　　址	深圳市彩田南路海天大厦（518033）
网　　址	www.htph.com.cn
订购电话	0755-83460239（邮购、团购）
排版制作	深圳市斯迈德设计企划有限公司（0755-83144228）
印　　刷	深圳市华信图文印务有限公司
开　　本	787mm×1092mm　1/32
印　　张	10
字　　数	120千
版　　次	2021年1月第1版
印　　次	2021年1月第1次
定　　价	58.00元

陪伴是重大的发现（序）

高　树

常有人说，高树是律师界中最会写诗的人，是诗人当中最懂法律的人。这话也只是说说，严格说来，应该去掉"最"字。

我一生幸运乃至幸福之事，一是我学习法律而能一生以此为业；二是我喜欢文学而又能一生与之相伴。有人问我这两者是什么关系，有没有矛盾和冲突，这我说不太清楚。不过有一点，我理解的法律其实就是现实生活，它是美好的（我在文集《沿着法治的方向》中对此有专章论述），这和文学（特别是诗歌）的方向是一致的。说到底，法律和诗歌既是理性的，也是感性的，这正如我们日常生活的两面。当然，就理性需求和感性趣味而言，生活永远高于法律和诗歌。

如果要说两者有什么不同，我想，写诗是需要天赋的，而学习法律则不一定。没有天赋的努力和坚持未必能写出一流的诗，而学习和操持法律职业在努力和坚持方面则至关重要。我一辈子坚持做好法律人这件事，尽了极大的热忱和忠诚。但在写诗这件事上，却说不上多大的努力。
我不是一个苦吟诗人，写诗对我来讲是一件并不
困难的事，没有什么目标和指标，甚至连目的也
谈不上，想要表达什么，就记下来，简单易行，
偶尔觉得有些表达从结构到形式很有意思，别开
生面，心里就有了那么一乐。我曾讲，很多年
后，也许我的文字建构因独具一格得以留存。这
是玩笑，不过玩笑和梦一样，说不定就成真的
了，但这也不是什么期待。

　　我曾对身边的朋友说，经常看我的诗，你不
美也会变美，如果美则更美。这就好比是一句广
告词。实际情况是，我的诗从形式上，用的都是
一些比较好看比较生动的字和词；从内容上，我
倾向于能够打开，经常看会有一些舒适甚至豁然
开朗的感觉。相由心生，心打开了，还很舒服，
能不美吗？

　　虽然这样说，我还是要感谢与我诗歌结缘的
所有人，我衷心希望我的诗因遇见你而焕发生
机，它能和你说一些开心的话，并且能够愉快地
陪伴。"深情不及久伴，厚爱无需多言"，就用
我的诗《清秋》中的几句送给大家。

因此你要留意你身边的一切

月色不是无缘无故的

木棉和小草也不是

这些爱情的种子中

陪伴是重大的发现

在过往的岁月中

清秋总被寂寞锁住

今番为何呼之欲出

就是离你最近的一些

让你顿感心是完整的

一切都朝着圆满的方向

是为序。

2019年10月4日于深圳

目　录

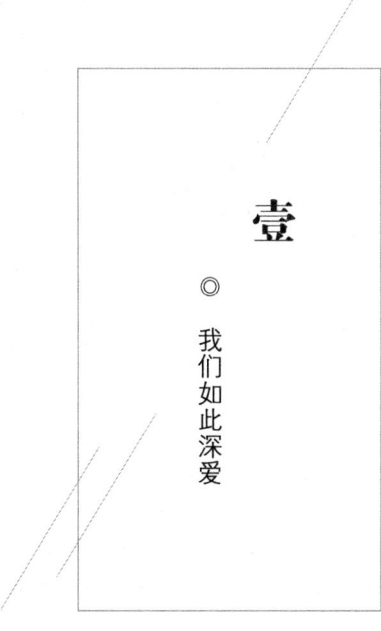

壹

◎

我们如此深爱

我们如此深爱

当风吹不动
地上的时光

从一株草到一株草
从一棵树到一棵树
他们不是用风和月
他们总是用自己
照亮另一个自己
他们有时也会枯萎
但他们曾经的磨砺
居然把时光按倒
一片林子于是闪闪发光
一大片原野于是
长上了星星之火

从我热爱这些草木开始
我就把灵魂固定在尘土
不管晚风低伏

还是晨雨泛起黄沙

我始终从一棵树的角度

或者与一株草紧紧相拥

我们如此深爱

所有时光都停在大地深处

我们就在大地上行走

（2019年7月18日）

故乡的雪

春天到了，我在故乡

怀念多年前下过的一场雪

一场纷飞的大雪

让我想起飘逸的事物

因为洁白而美丽

因为美丽而瞬间融化

像风一样无影无踪

还没让我明白什么叫青春期

我便成了故乡的某位过客

好在故乡质地单纯

故乡的泥土芬芳如昔

外面的世界没有边，滚滚红尘

许多事物升起又落下

我一次又一次从异乡归来

故乡一次又一次张开洁白的怀抱

春天到了，我在故乡

想着再来一场纷飞的大雪

哪怕一场接一场

洁白属于从前

美丽属于将来

我还想，温暖的风一阵阵吹起

阳光照亮善良的心坎

然后是花开

花开在欢喜而结实的枝头

（2017年1月27日）

致有情人

与其在仰望中虚度年华
不如在前行中脚踏大地
与其求得回眸的千年惊鸿
不若执手的路上深情照应

或许对红尘很不屑
或许对风霜断然鄙视
请让我奉上伟大的恭迎
请让我献出一生的豪迈

世上千般皆可弃
唯有此情不可求
生当与之彩虹舞
死亦合为风雨归

（2017年2月14日）

我或静修经年

与其柔情地老去
不如尽可能地散发光芒
照尽今世，照尽来生

与其浪漫地告别一生的花季
不如欢喜地做一股泉流
无声，但涌动不息

与其难舍地与你挥手道别
不如静修经年再相逢
无歌无舞，却胜惊鸿照影

——写在大学毕业同学聚会之际，于安徽合肥。看
那时花开，听经年留声，祝岁月静好！

（2017年9月9日）

请原谅我凡心涌动

今年的秋天与以往有什么不同
今年的我却比以前温存许多
依然抽刀，却不是为了断水
不再在空气中追风
也不曾在河中捉月
爱很重要
不爱也没什么
像天空一样辽阔
像大地一样苍茫
风生水起只是一时之抽象
生活才是一花开一花还再落
面对这个真实得疼痛的秋天
面对美得恍惚的群山和大海
请原谅我两手空空
请原谅我凡心涌动

（2017年10月1日）

不用久等，你就懂了

你能理解一个舒展双臂的人
你就能读懂蓝天一半的含义
另一半，随白云飘荡
时间一长，你也会懂

你能倾注一双明目的回眸
你就能读懂秋水一半的含义
另一半，在深潭照影
时间一长，你也会懂

你能凝听远处传来的步音
你就能懂春风一半的含义
另一半，是颤抖的热情
不用久等，你就懂了

（2017年10月24日）

爱的真容

阳光是简单的

爱是简单的

当一阵阵风吹过

有些浮出水面

有些心照不宣

阳光依旧照耀

那些美丽的容颜

而爱，或已遁于无形

我多么希望

一切形迹可疑

可以远离尘世

所有真诚的眼泪

可以洗尽无言的忧伤

我甚至祈求

风拂柳的情意

花照水的瞬间

还有日复一日

幽梦的从容

以及，爱的真容

——爱是刚刚好，不是差不多。

（2017年11月22日）

红尘最美

一生最美的时光

总有最好的遇见

愿你最深的记忆

定是最温柔的相拥

可以一生不见

但无一刻不念

终是红尘有在

此心直到永远

赚得闲心三两时

去到桃山看因果

但愿红叶知我来

舞作前世共今生

——三生三世桃花，今生今世红尘。

（2017年11月27日）

凌波翩翩

——悼诗人余光中

一颗少年心

一缕华发舞

一场风云雨

一腔肝胆热

一生太白才情

一管春风词笔

从蒙荒开始

从泱泱开始

从黄河开始

从长江开始

从中元开始

从母亲开始

从水上的江南开始

从雨下的潇湘开始

从海与海的连波开始

从山与山的回眸开始

这所有的开始呵

又都不仅仅是开始

你把一生的眺望

都凝成了对母亲

最温柔的牵念

那么天真

那么亘久

那么广阔

那么伟岸

那么向往

那么心痛

多少次啊，抬头望

望见童真的大地

望见多艰的大地

望见生生不息的大地

望见流光溢彩的大地

望见酒旗招展

望见牛羊奔腾

望见桃红柳绿

望见风雪扬沙

多少次啊，低头想

想想前世缘

如何化作了今生度

想想彼岸花

是怎样造作了痴情郎

哦，你是彩蝶缠绵之蛹出

如梦，如花

你是灵鹤多情之纷纷

如丝雨，如飞雪

你是美发一池之红莲

每一朵都是清芬

每一朵都是火焰

你是如梭难禁之归舟

一路凌波而来

终于翩翩而去

（2017年12月17日）

华商小语

因为明天可以预期
今天必须更加努力
因为心中充满良愿
你我尚需脚踏实地

因为出发有了意义
我们前进直往胜利
抱定初心沿着方向
青山点赞碧水致意

每天看着太阳升起
胸中便有千言万语
征途哪有一帆风顺
攻坚克难早有准备

众志还要坚强合力
同心同德时刻牢记
执手相握荣辱与共
百年华商披荆斩棘

——转眼，广东华商律师事务所成立25周年了。25年来，华商人在打仗中学习打仗，不断克服发展中的困难，解决发展中的问题。豪言在心中，壮行在脚下。新时代，新华商，新征程！让我们众志成城，携手共进，攻坚克难，奋力向前，沿着正确的方向和既定目标，为打造百年华商，传承专业精神，不懈努力！

（2018年1月25日）

四月行

如果我在
你是否来
如果我不在
你是否随风翩翩过

如果我来
你是否在
如果我不来
你是否在等桃李开

你若浅行
我自欣欣

如果桃李春风来

你是否深深迎

——白居易：乱花渐欲迷人眼，浅草才能没马蹄。

（2018年4月12日）

追忆

这是多么美好的追忆

天空因为星星而明亮

大地因为生机而辽阔

那片田野，我的家乡

因为劳作而饱满

而我的身体

因为果实而丰盈

所有的往事里

躬身向着泥土多么好

懂事的禾苗

总能记住温柔的每一锄

感谢一日三餐

把我最美好的追忆
永远留在了田里

（2018年4月30日）

还是江湖好

站在深南路
突然想起那些人影
和随人影走散的
纷纷落叶

那么小的场面
怎可比高山流水
天空不过是
暂时的辽阔
真正让你飞翔
不忍放下的
还是这片江湖

风起的时候
云动一念
花开的时候

果子们要在一起了
秋天不免
一别两散
唯愿各生欢喜

让你想起的
不是那些往事
忘记一个人
只在一瞬间
而有时
需要一辈子
甚至需要
下一辈子

江湖很好的
在江湖很好的
如果夜灯高照
温暖在心头
又怎么能
相忘于江湖

——即便云别水流，仍愿安然若初！

（2018年5月10日）

我多想写出那个句子

我写过那么多的句子

写过山海写过草原

写过春天的花，秋天的果

还有冬天的寒风和飘雪

写过大地沧桑

写过斗转星移

可我多想写出一个句子

让它拉着你的手

在来世未到之前

走完今生

在平凡未竟之前

变得轰轰烈烈

在跌宕起伏之后

和你一起

宽和而安详

直到倾心

跟他旋转，和他歌唱

两颗心在蓝天之下

在阳光的正面

共同经历霓虹和流岚

把一首好听的歌

唱到月亮之上

哦，亲爱的

你该知道，这一生

就是这个句子要说出的

不能没有你

（2018年5月21日）

天渡有情人

当江湖干涸
万物重新发芽
让我们相逢一笑
忘掉所有的痛
举浊酒一杯
相敬肝胆昆仑

红霞满天
月亦嫣然
青山妩媚
我自欣欣

古道西风瘦
阳关落日晖
心有千千念
天渡有情人

（2018年7月13日）

这座城

刚开始的时候
像一座毛坯房
一群毛头小伙
手忙脚乱
居然别出心裁

等他有了模样
这群毛头小伙
好像有点老了
老了
就有老了的城府

可都说他还年轻
年轻能扛力气活
能经得起风霜，和
亚热带阳光的照耀

可事实上

他更像一个不惑之年的汉子

而立之年已过

知天命还有若干年头

这个岁数

活要多干

话要少说

——深圳经济特区建立三十八周年之际，致敬这座
城的开拓者和建设者！

（2018年7月18日）

当我们谈论家乡

当我们谈论家乡

就会谈到一大片的绿草如茵

谈到那些低矮的平原

长势喜人的树苗

什么时候迎风招展

还有远处壮丽的山峦

掠过多少欢欣和愁绪

可这不够，远远不够

作为一代故乡的生民

我们还要谈在平原和山峦之间

是谁，又是什么

给予我们如许底实的丰盈

当我们谈论家乡

并不需要凭空淌下泪水

我们只要骄傲地想起

在这片热爱大于壮丽的乡土

曾经怀抱多少少年的心

和我一样

在他们离去之后

或归来，或魂牵梦绕

——竹深树密虫鸣处，时有微凉不是风！

（2018年7月25日）

新秋词

错过了满山红叶
欣欣向荣的开放
错过了百舸争流
经山过海的激荡
错过了多彩的流岚
讲天上人间的故事
错过了温柔的白云
由浅入深的问候

哦，全都错过了
一页过往
犹忍不追
斯是萦怀
何如纵情
就算春风舞尽百花空
还有如泣如诉歌一曲
就算长河不舍东流去
还有空山夜雨入我心

忆春寸寸柔

念秋日日长

情且不由得

此心又如何

——秋欲至，空山夜雨来！

（2018年8月14日）

我亦深切

是的

你比昨天老了一点

行走的时候

就有一些缓缓

我也一样

有些头发不见了

不知去到哪里

不过风还在吹

吹到同一个方向

好像有点迟疑

要问早杨初柳

是否系住了归舟

记得相逢一笑

再回眸已是清水涟涟

你且嫣然

我亦深切

就算老了一点

最好

还是当年的样子

——姜夔：春未绿，鬓先丝，人间别久不成悲。谁教岁岁红莲夜，两处沉吟各自知。

（2018年8月21日）

蝴蝶醉

我发现你温柔的部分

不是在空中盘旋

是在野草丛杂的地方

你耐心找寻那朵花

翩然起舞

一身漂亮的样子

那个时候

必是你为花沉醉

那花亦翩然

与你舞尽红尘舞尽风

据说你温柔的部分

一半因为前世花约定

一半因为今生花美丽

注定要在这辽阔的丛林

一生歌唱

一生翩翩

直至花瓣零落群山也白头

而你亦枯萎

缠绵更未休

此生沉醉翩翩飞

梦里翻转千百回

雨落深潮共舞否

但见披得风流衣

但作春山舞

翩翩不由人

要问蝴蝶痴

此情谁分付

——汤显祖《牡丹亭》：情不知所起，一往而深，生者可以死，死可以生。生而不可与死，死而不可复生者，皆非情之至也。

（2018年8月25日）

你的怀抱多么好

请原谅我

不能像当年的小鹿

一头撞进

你的怀抱

都说九月也有芳华

在那个金黄的日子

在这个金黄的草原

从此春风一笔

秋风一笔

是你亲手写下的

这些温暖的句子

请原谅我

不能血气方刚地

高声说爱你

这些许的惆怅

不是要带给你

只为说一声

你的怀抱多么好

——谨以此，献给母校安徽大学诞生90周年。

（2018年9月15日）

在红尘中造一片林子

哦，有你的日子真好

一切事物都闪闪发光

所有的愿望都心照不宣

身前身后

到处都是明媚的关切

用宽广包含宽广

用尘心对待尘心

在红尘中造一片林子

清凉地活着

并且彼此能够懂得

花和果子相守的欢喜

要不然

在烛光下并肩，勇敢地

一起慢慢老去

这就是我们一生的日常

洪波浩荡三千里

过水行舟五百年

万丈红尘谁相与

清凉向月你和我

（2018年10月5日）

我一直懂你

世事难料

偏偏在难料的世事里

遇见你

即便洞若观火

也看不清尘世的颜

但我和你

却在尘世里跳舞

隔着暴风雨

互相生着欢喜

直至时光褪去，说

我一直懂你

——愿得一人心，尘世你最好！

（2018年10月30日）

别过，也要说声谢谢

——敬念金庸先生

就算就此别过
也要说一声，谢谢啦
谢谢你把爱恨情仇
写进了春花秋月
谢谢你把刀光剑影
写进了碧海云天
谢谢你把红红的温暖
写进了多艰的江湖
谢谢你把刻骨的柔情
写进了难分难解的相思

引刀成一快
肝胆两昆仑
一枝泱泱大笔
就这样卷绕风云
一腔太白才情
就这样横济沧海

雪花飘落时

一身素衣归

最后道一声

最爱是人间

沧海一声笑

何人正吹箫

谁把一轮明月

永留我心长河

你笑傲的万水千山

让我流尽了红尘泪

泪里，还有你的芳华

——上个月在香港，说到一众离去的大师。那时还说，多幸金庸先生还在。不料转日间先生亦驾鹤西去！先生才情，留下的是一个时代。其儒道渊源，胸怀深广，绝学卓笔，恐无来者矣！先生侠义仁心，倡导不依势而留有余地，英雄有过，但不作恶，至柔之情，总在深处。把最美，写在了最爱里！先生带走了一个时代！而这个时代的我们，是不是应该真诚地对先生说一声："谢谢您！"

（2018年11月1日）

无极对话

——致金庸先生和他的怀念者

他们不是在怀念一滴水

他们正在和沧海对话

在沧海的深度里

采集一束光的温暖

他们正在怀念一座山

在一座山的高度里

与飞过的鸿雁对话

鸿雁用巨大的沉默

打破长天的寂静

实际上

他们正在和一位老英雄对话

老英雄没有说话

说话的是一柄无极

告诉江湖

十月飞花霜渐浓

潇潇人间已无我

——倚天飞鸿过，一柄长剑只悄然！

（2018年11月4日）

朔风，不是吹给少年的

朔风，不是吹给少年的

可朔风吹来的时候

偏偏想起了少年

你在我的诗里

仍是半小的少年

哪一年出走不要紧

何日回到我的诗里

却是我一生的问

春风吹绿的时候

你如杨柳轻摇

直至浅碧无踪

霁雨飞絮的时节
你是夏花开颜
和蜜蜂相亲
带着爱飞入云中

独独忘记了秋的画面
已不知出自谁手
还有朔风的紧吹
远远地着许多力
直把我那年写你的诗
吹得一些微微的冷

我知道朔风不是吹给少年的
可我偏偏想起了，我诗里
你的少年

——愿你出走半生，归来仍是少年！

（2018年12月1日）

春华秋实

没错，就是这一粒
她那么弱小
可她紧紧抓住了大地
她坚强发芽的样子
让你想到天地打开的那一瞬
哦，春天来到了

没错，就是这一朵
带水的清颜
她那么娇柔
可她紧紧地抓住了阳光
她顽强开放的样子
让你想到次第的芬芳
哦，尘世之美
就这样定格在满园之欢

没错啊，就是这一颗
她在风霜中吟唱的样子
必定是抓住了爱
她因此饱满

豪迈地奔跑

哦，回首艰辛

她多么温暖

——谨以此，以及本人作词的一曲《我们深圳律师》，献给不曾被辜负的光辉岁月，还有砥砺前行的同业同行。

（2018年12月7日）

一朵花的力量

这是一个多么伟大的梦想

需要我们用觉醒去呼唤

这是一次多么壮丽的还俗

我们只能用理想来证明

我们一直在唤醒自己

我们一直在还俗的路上

如果没有一朵花的力量

或许我们已经枯萎了

（2019年1月16日）

哪里最温暖

"大寒时节
哪里最温暖"
一朵刚刚露头的玉兰这样问
一棵树
在那里站了四季
完成了迎来送往的任务
也这样问

大街上疾行的人们
小巷里窃窃私语的人们
他们遇见了一片阳光
可寒风也紧随而来
"是留下来呢
还是回到父老的身边"
他们也在问

一些雪花落在了地里
一些鸟回到了巢里

年关将近

走远的和走散的

都将回到一个怀抱

不用问

那里最温暖

——岁末近大寒，期期心向暖！

（2019年1月21日）

良遇

在黑暗里

遇见闪烁的星

在寒冽的夜

遇见红红的火

红红的火高高举起

大地依然空旷

尘世已经焕然一新

在远漠中

遇见一枝丁香

她带水的笑颜

整个荒芜为之动容

湖光因此点亮

山色走进人间

在峰回之间

遇见一条路

在陌路之上

遇见一缕炊烟

炊烟把我带到日常

在日常里

我遇见你

遇见你的那一刻

我遇见了全部欢喜

——新年，良遇在等候。送给遇见这些文字以及长期以来关注我本人的每一位朋友！我的文字因为遇见你而动容，我因为遇见了你而开怀！致谢忱，致敬意，致良愿！

（2019年1月31日）

留住你在春天的样子

——写给海子

在春天幸福地生活
在劳作的同时唤醒自己
在尘世唱歌，舞蹈
把自己带到安定之所
写一首诗，献给陌生人
骑在梦想的肩膀
向大海出发

不要忘了给花木一些关注
她们和你一起生活
有着女子一样的温柔
要和着她们欢欣的节奏
像一个无所事事的绅士
常伴左右，紧随其后
直至有一天
也长成花木的样子

如果还不够呢

就忘记自己现在的样子

和从前一样

甚至回到从前

一无所知，一无所有

像一枝空手的植物

长着洁白的牙齿

在太阳底下

发出咯咯的笑声

在此一刻

你终于发现

在尘世，在人间

其实已经不错

——海子离开我们整整三十年了，而他的春天，其实并没走远！

（2019年3月27日）

归祖

所幸，我找到了回家的路

至少在宋朝

我家祖先走过的羊肠小道

如今，它拐了好几个弯

酒旗招展一处

焕然不是当年

我冒着丰沛的雨水

沿着泥泞

路上的面孔

有些陌生

但似曾相识

言语之间

仿如熟悉的声音

至少一千年了吧

我对自己说

春回大地之时

草木欣欣

祖先在的地方

我又何曾走远

——桃李次第，雨水纷纷。行无以远，归去来兮
（清明小记）。

（2019年4月4日）

琴江

终归有一个出处

比如一滴水

从亘古的深处出发

它和大海之间

你不知道经历了怎样的沉浮

但它终归是血

一脉接一脉

一代接一代

让群山翠绿

让大地顾盼生辉

石头用自己的名字

刻在一座小城之上

锦瑟用自己的语言

说出了一方水土的愿望

青山作为最忠诚的伴者

和你舞蹈千年

还有我

就算远走他乡

也还在你的源头

细听一滴水

你懂得了一条江

而一条江的豪迈

又让你怎能忘怀

今生少年

和一生的故乡

——我家石城，石城琴江！

（2019年4月6日）

相别即重逢

梅挥手的时候

柳还在岸边

青草再一次握紧土地

小荷长成了

清水流到了远方

有人欢喜

终是不舍

下次相见的时候

希望不是在江南

雨水纷纷

不愿涟漪牵扯

就在高山上吧

两个高山上

树与树之间

隔着土地和河流

也能听得见

就算告别

也是重逢

——（唐）韦应物：江汉曾为客，相逢每醉还。浮云一别后，流水十年间。欢笑情如旧，萧疏鬓已斑。何因北归去，淮上对秋山。韦应物，一个多好听的名字！而诗如其名，即便唱酬作别，也如行云流水，浅入深出！

（2019年4月29日）

五月，秦观的泪飞过

一首诗
能把自己写哭

郴江都是泪
五月的西城杨柳
已经系不住归舟

高城望断
所有的云都在哭
眼前的灯火
怎能点亮远山的黄昏

罗带轻分

一个女子

收获了一个香囊

你在一座空楼里

深情地注视着飞絮落花

郴江幸福地围着自己

你含着满眼的泪

问

为谁流下潇湘去

——秦观,字少游,宋一代婉约词宗。读其词,柔
肠寸断,情与泪流。要我说,论诗词性情,风流唯
杜牧,多情只少游!

(2019年5月17日)

爱在天空划过

我愿意去爱呀
我愿意做那颗流星
带给你一些光明
在回归田野的道路上
以最温柔的方式轻轻着陆

因为爱就在黑暗里
在无声的田亩深处
稚小而贫弱
像一个还没有醒来的孩子
需要足够的喜悦去呼唤
需要一颗眼泪去击中另一颗眼泪
需要一个并不夸张的拥抱
需要碰撞大地时
你内心微微的痛

而我的升起和着陆
就是抱着一颗眼泪

带着微微疼痛的
那颗流星

（2019年5月21日）

经年已过，来日要好

得知你在一座城的某处
那里的河通向最远的海

你仍穿花衣服
照片上，还是笑意
身边的孩子
是你小时候的样子

经年已过，来日要好
我对远方的你说
那座城总开漂亮的花
你要和它们一样
一开，就是一生的美丽

（2019年5月29日）

一分钟

多想用一分钟的时间
和你说完前世的一切
然后用下一分钟的时间
和你举杯共饮
再在下一分钟的时间
领略尘世的欢欣

多想用一分钟的时间
和你走过千山万水
然后用下一分钟的时间
坐在云升起的地方
再在下一分钟的时间
烧水做饭
把月光带到日常

多想用一分钟的时间
和你重新回到从前
然后用下一分钟的时间

学习最初的问候

再在下一分钟的时间

牵手走过

直至现在的样子

（2019年6月1日）

仍然要感谢你

在生活的细节里

我想起了一些偶然

想起了某个路口

想起了一树繁花

想起了一双温暖的手

被另一双温暖的手握住

时光没有停住

事物还在移动

在所有的情节中

长风万里

总有一次是幸福的着陆

仍然要感谢你

感谢那个不经意的路口

高山和流水已经别过

虽然繁花只在一瞬间

但尘世已经很光明

（2019年6月2日）

李白语录

我已不写风了

不写长风万里的秋雁

我不写高楼

这满地的高楼，不用写

它们已经酩酊大醉

秋雁一来

整条街的酒色财气

一支笔怎么抵挡得住

我写弃我去者

我写乱我心者

写手舞足蹈的一株草

写兴高采烈的一棵树

写夜半江湖

写绝世尘土

我写抽刀断水

写刀光把时光砍断

写刀下的美人和英雄

写青天揽月

写五洋捉鳖

写举杯消愁后

如何把一条江的酒喝下去

写大海，写蓬莱

写我与所有的仙人共舞

——公元753年，李白来到宣州谢朓楼，以破空之笔，写下长风般的豪迈和万里一人的绝世境界，是谓《宣州谢朓楼饯别校书叔云》。

（2019年6月3日）

共守红尘

做一块石头
需要怎样的坚韧
才能守住一座城
就等有一天
和另一块石头
共守一座城

做一棵树
需要怎样的热忱
才能守住一方土
就等有一天
和另一棵树
共守一方土

做一滴水
需要怎样的柔情
才能守住一条江
就等有一大

和另一滴水

共守一条江

而我

在苍茫的人群中

需要怎样的努力

才能和你

共守这片红尘

（2019年6月8日）

我何纵情

从一个少年开始

就选择了离开

那时怎知千山万水

不知道远的地方

还有更远的地方

就喜欢在梦里

装着一个花花的世界

翻过一座山

总是还有一座山

我曾对自己说

总有一座山

那里开满了我的花

总有一朵花

终与同我落

始与我同开

如今，我依然梦想

依然像一匹马

时而吃草，时而奔腾

在一日千里之后

依然执千杯不醉

依然纵万情不羁

依然要在繁茂的人间

敬献自己

千杯无，万杯无

——一生尽付风与雨，三杯两盏怎能停。但愁知己
不曾醉，我于天涯更向前！

（2019年6月11日）

此生，下不为例

从一首古诗里跑出来
冰聪雪貌
只是没有言语

一阵风吹来
掉下那个最心痛的字
如同一个朝代
打掉了一个最风流的才子

总有一些最好的
沉到了水底
要等一千年
才能复出

流过泪之后
就说一句
此生，下不为例

（2019年6月18日）

要不然，我们一直在里边

哦，亲爱的
你听我说
你心中的桃花源
就是我的水云间

我们都要从容地进去啊
我们都要原封不动
我们在里面安营扎寨
在寨子里烧水做饭
然后举案齐眉
在那里和鸡狗相伴
相互生着欢喜
在那里种瓜，锄草，屯粮
在那里聊天，沉默，戏嬉
在那里长久地忙碌
在那里永远地消磨
直至全部的时光
牵着你我的手
最后笑逐颜开

哦，亲爱的

我们要赶走潦草的风

我们要说服洁白的雪

我们要请进热情的阳光

这所有的在一起

像草垛一样温暖

像果子一样亲切

然后你和我

每人数一颗星星

足以加起来，一生

就是你的桃花源

就是我的水云间

（2019年6月22日）

做一只欢喜鸟

哦，亲爱的

你听我说

如果三生情缘已到

如果相遇之时就在今日

请你放下手头的事

做一个轻装上阵的人

你要大大方方地进场

把手交给那个谦卑的人

在月光下交谈

在风中和他舞蹈

再交出你心中的蓝

和他的眼神交错

哦，亲爱的

不要担心轰轰烈烈

雷声贯穿的魂魄

是你一生一世的爱恋

要痛彻心扉的那些

要一棵草在原野上

打滚地放松

亲爱的

从这一刻打开

在所有的时间里

你都要

做一只鸟

和另一只鸟

欢喜地飞翔

（2019年6月23日）

想起你，我心存感激

听着雨声
就想起了遥远的事
想起了一些人

想起你
我心存感激
没有错过
是我前世的修行
无言中互通款曲
并且记住你所有的好
是我今生的幸福

雨声停下
所有事物纷纷站起
你在他们前头
来不及和我道别

于是风吹来

那是我心动的部分
也是我心疼的部分

（2019年7月4日）

我们就在一首诗里

如果要记住这些发光的瞬间
要对你说一声真诚的欢迎
我就必须怀着欢喜之心
感谢昨天的过去和今天的未来
在和尘世交接的过程中
空出一整天的时间
将自己从看不到的地方
放到一首诗里
和你面对面地坐着
开始我们今生的对话

我不可能和盘托出所有
我会把故事梗概告诉你
关于山水流转，关于天人老矣
把最黑暗的日子

和最光明的那些呈现

把我随美好的事物误入歧途

这一段原原本本地叙述

最后就谈到你，你如何来到

以及在哪里和我相遇

凡举之重，必因情来

最灿烂的部分暂且不说

温柔的点滴就不能错过

当一切浮出水面，我们

再回到那首诗里

在里面共度余生

（2019年7月25日）

八月，始于思念

开始的时候

如见流云花影

轻盈无语，低眉

来不及回眸

直让你魂牵梦绕

之后就是不确定性
你以为那些是你的
却出现在遥远的地方
你以为走进了天涯
其实还在面前
包括每天错过的你
也成了不确定的部分

不过想你的时候
世界还是完整的
就像风松开了云朵
天空降下雨水
毫无顾忌地飞翔
最后存于烟火某处
这是思念的全部

（2019年8月2日）

在一起

我们都是很遥远的人
但我们走到了一起
有一些翻山越岭
有一些飞翔的途中遇到

因为温暖和寒冷
我们有了这个巢
极目同样的辽阔
抚慰彼此的疼痛
在砥砺的行进中
磨砺剑
书写最好的时光

请不要把风领进
不要把冰霜高高举起
让我们原路返回
最初的春天营地
和执手相握的每一刻

把爱刻在每一寸坚守

把懂得写进共同的拥有

（2019年8月5日）

垂爱

只有蓝天的广阔

可以定位你的所在

知道你在莲蓬的间隙

倾听流水的抚慰

高山上的树底下

清风和蝉鸣生着欢喜

你在天涯海角升起

而当你回到烟火红尘

有一人等你，那是垂爱

（2019年8月7日）

九月风吹梦

站在九月的山顶
风多了起来
不疾不徐
满山都是馥郁

有人策马扬鞭
从地平线的那端
一座山的风竖起了耳朵
一座山的花打起了精神

因为想你太甚
所以梦你更真
风里我是那座山
而你已进入我的梦

（2019年9月1日）

清秋

这一刻
你如果仍然茕茕孑立
那我要告诉你
在离你最近的地方
银辉的月光将在那里洒落
她带来的思念也将在此
长成一棵木棉的样子

因此你要留意你身边的一切
月色不是无缘无故的
木棉和小草也不是
这些爱情的种子中
陪伴是重大的发现
在过往的岁月中
清秋总被寂寞锁住
今番为何呼之欲出
就是离你最近的一些
让你顿感心是完整的
一切都朝着圆满的方向

（2019年9月6日）

我凝望流水

其实我要的并不多

除了诚恳的眼神，和一颗

向着星辰和小草的心

再就是看看纯粹而干净的山峦

我凝望流水，因为生活就是流水

我们一旦相遇，相思如流水

情起于爱，爱情如流水

生命依靠食物，食物丰盈

但不要堆砌，少些无妨

以清瘦的面容出现，有戒德

不要太用力，脚下生风

在涌动的人群中

简单而欢欣，纯静又饱满

心仪之物，点到为止

凡爱之人，不离不弃

（2019年9月7日）

远乡，近乡

有一段时间沉默是必要的
所有的沉默都不足以表达
直到秋分，树上的果子下定决心啦
"烂在地里也是一种归宿！"
要不就随风起舞，到远方
这一生就算只有一次爱情

遇到一些好看的女子，似曾相识
她们如此饱满，若无其事
"这人间如何来的天相？"
她们神采奕奕
却不能掩饰多情之姿
我爱她们
不是因为我是风流才子

让人放不下的只有一个
我存在毋庸置疑的局限
局促也是我生活如意和不如意的部分

要是回到从前的一隅

今天和从前的热爱有什么不同

父老开始叫停某个时代

而在父老深耕的地方

总有一些美丽的人，不分男女

和我一样，直至今日

勤劳而怀着欢愉

（2019年9月25日）

风吹过头顶

风还在路上

万事万物便露出了端倪

愉悦地排成了行，准备舞蹈

要落下的在致告别词

没有什么悲伤需要特别提起

居心叵测的极少

好像也安之若素

那好吧，既然一切就绪

风就要吹过头顶啦

云于是让出了天空

空白是你一生难得的绚丽

生活的万千之姿，沉重和复杂性

只要一阵风，不管有意无意

没有什么是不可释然的

包括你对时光许下的

信誓旦旦的多情与不舍

爱与不爱也不要纠结

能从情书里刨出根的那颗心

站稳了是你一生之殊幸

尘世多么美好

大地、山峦、江河多么笃定

你和我迎风招展，多么欢欣鼓舞

（2019年9月28日）

热爱

既然没有人能躲过

那就勇敢地迎上去

没有什么不可言说

从包罗万象的词中挑出一个
悬挂在我心中
就足以让世界沸腾
让我在这个世界里沸腾

当空洞的外衣脱去
真相或许就在里面
作为曾经生长的瞬间
流失在所难免，没有缺席
是我一生握住这个词的理由
不一定风生水起
但总能击中我的要害

就算爱情只相当于宿命
而奔跑是生活的全部
我依然在尘世里发出光亮
依然爱着奔腾的大地
和远方的山峦
依然爱阳光和雨水
依然爱你，和我自己

（2019年10月4日）

守住一座城

据说外面的世界
和天堂咫尺之隔

守住一座城
如果瞌睡来了
睡去就是
这座城守你

与忠诚无关的
是无神论者的宿命
它隐喻的部分
是更深刻的爱情
比想念更具体的
是多时的恭候和守望
没有什么可以击中灵魂
没有什么可以抓住时光
除了陪伴

那么这座城曾给我细致和悉心
我今天就把一颗心放下
深情的目光是双向的
我在城中，城在心中

（2019年10月6日）

有朋自远方

所有的都如沐春风，因为你
喝醉了如山花烂漫
冬天的温暖因为你，还在开放

那么远的地方来
有海的地方就有辽阔
顺势把一个季节捎上
果实最懂得一座山的情意

百般生活的幸福
最重要的就是山水相逢

花开的时候并无一言

绚丽是最深处的握别

用一生的寻觅揭开谜底
遇见就是命中的起死回生

（2019年11月1日）

最深的蓝

多想重新开始
不要按部就班
从最简单和最洁白
到渐渐一层浅碧
无需深入，但已足够
然后就是重复
像爱一样，不断行进
最高处也无倦意

我的诗就是浅碧的
每个字都肩负着自由
每一行都是眼泪
但不是为了悲伤

当情到深处

爱便浮出了水面

一条江都在吟诵和奔腾

再过些时，还不是深红

而是蓝天深入到我的诗里

说，我是爱你而来的

（2019年11月12日）

温柔以待

所有的都可被忽略

但爱必须请到高位

高到和阳光平行

进而穿越每一寸土地

从干涸走向肥沃的过程中

一切都由爱来安排

而当你说出唯一时

众生便对你高看一眼

你心底最柔软的部分

已经刻在另一个心底

持之以恒的互相砥砺

不管身在小屋还是前行

两颗心都能结合得天衣无缝

在阳光照耀下的相遇

在风生水起中的靠近

不，就算山穷水尽

因为有一颗如此温柔的心

另一颗心也会升起

并且翩翩起舞

（2019年11月14日）

冬天朝着温暖的方向

就算在最寒冷的冬日

你也不要忘记给出温柔

所有在孤独中站立的人

归家寻家都朝着同一个方向

听到有人说爱你将激动万分

在寒风中说我爱你更是无上光荣

不要因为前路不测而有保留

你留下的关怀将催生光明

而温暖的种子总会开在春天

冬天到春天因此一步之遥

但所有的都没有期限，因为爱

我们将在别离后再一次拥抱

（2019年12月13日）

光辉

金风玉露相逢的时候

阳光怀着盛大的欢喜

历经千年的等候

在我日日经过的木棉底下

写下一行深刻的相思

只要时间把门打开

你总能感受到阳光的喜悦

这个时候你就会对自己说

我须温柔以待，如同爱

一点都不能错过

你还会把昨晚做过的梦

重新织成流云锦缎

以示虔诚之绵绵

但绝不虚浮

就是因为如此深切

我们互相成就

在月光的照耀下

不说爱，只诉相思

（2019年12月28日）

幸福

总有一些不经意的时候

你已经接近了幸福

丰饶的春天刚刚过去

播撒的种子开始繁茂

酷热的阳光下，凉风低伏

雨水的充沛超出你的想象

耕耘作为生活的必需

一直坚持，惊喜的果实必将水落石出

历经艰难之事，壮烈的场面

定有一块是劫后余生的留白

一日三餐，这是所有爱的前提

但对粮食必须充满善意和良愿

不要沉醉于活得尽兴和爱得欢愉

要把草木之香留在生命的每一刻

走在路上，遇见一只小鸟

你向她问声好吧，她能懂的

回到小窝，这是风雨驿站

你以自己的方式表达柔情，一以贯之，一生如是

这就是幸福

（2020年5月3日）

樱桃红

能够这样温柔地活着

能够在如此广阔而平凡的世界

唱歌，跳舞，甚至拥抱一段莫名的爱情

能够在人世间吃了睡，睡了做梦

煞有介事而又无所事事

在多艰的红尘，高于红尘该是多大的幸福

我曾说过桃花和海棠必将盛开于江南

要用时光为众生疗伤，我也说过

可我仍然无法释怀于这个冬天的阴郁和瘦弱

及至阳光明媚，饱满的樱桃飞舞

我坚信伤痛过后，力量也将蓬勃于全身

最美好的莫过于你所坚信的正在一一呈现

想遇见的人正在迎面走来，花一样的相遇

劫后余生更需要懂得生命的本质和爱的意义

执手相看泪眼，便纵有千种风情

桃花和海棠都说过，而今温柔的樱桃

开放于满空，这是生活意味深长的部分

（2020年5月9日）

聆听

告诉自己不要着急

要细细聆听每一滴时光

那是你生命的部分

爱也自在其中

如果你懂得了凝视和珍惜

你就能领会每一滴时光落地

那一声声脆响，不是爱的告别

而是生活的真谛——呈现

真正的生命不是爱与哀愁

你听不见时光才真正要命

如水的日常我们欢呼雀跃

在紧要关头我们咬牙闯关

只要时光还在发出脆响

你就能看到花木在大地，星辰在天空

而爱也随着时光的每一声脆响

如鸟儿在尘世歌唱

（2020年5月16日）

那就重新开始吧

想想这是多么不可思议的事

我不仅长大成人而且经年成昨

我原来信奉的哲学开始瘦身

这多像夏天的雨水

冲刷大地之后

一切遁于无形
天地之变你何曾觉得
恍惚中现出原形
心已移地，天人老矣

重新和从新就是一个意思
一匹马在草原
等于一个人在江湖
一匹马高于草原
一个人只能在江湖
江湖夜雨落下
你可以浅隐
可以不高于灯火

一切都要回到原点
包括不经意的欢喜哀愁
爱情作为思想的例外
在夏雨随风过后
回位海棠的起点
哦，尘世最美的风景是在这里

（2020年5月18日）

贰

○

我喜欢那些明媚的事物

我喜欢那些明媚的事物

我喜欢山里的月亮
我喜欢雨的早晨
我喜欢温柔的风
把一切安放好
还有树和小草
在阳光下亲切地交谈

我喜欢一只白鹤
她的洁白深入人心
我喜欢一朵莲花
像轻乐一样徐徐展开
我还喜欢小桥流水
它们和蓝天白云
即便各干各的
也从未停止过
最贴心的对话

我喜欢家乡的田野
金黄的稻穗透着花香

我喜欢那时的村庄

鸡犬和人们

相互生着欢喜

我喜欢小时候的样子

稚嫩如新芽

轻快似燕子

（2018年5月13日）

我喜欢时光带给我的一切

我喜欢时光带给我的一切

包括花一样的相遇

爱的欢喜有时被放大

或者风一样的忽悠

摇晃过后，什么也没落下

阳光来得不是时候

阴影大得像沉寂的冬天

甚至走投无路

在一块针尖大的土地上欲罢不能

一切都不要紧

一切都已经开始了

有些张开，如花的双手

有些正在吹，比如风

有些不停地照耀，比如月

而有一些，正在辛勤劳作

迎接春暖花开

比如你，还有我

（2016年12月31日）

做一只鸡有什么不好

作为世界很小的一部分

虽可忽略，也是计量单位

一只，或者一群

都说放弃飞翔只能做一只鸡

偏偏有鸡飞向了远方

要准确抓住生存的机会

就必须提前定位前进的方向

不管是直线，还是曲线

看上去摇摇摆摆

行走江湖的姿势

或许是稳健的一种

为数不多的食物

靠一粒接一粒的耐心去寻觅

啄下每一颗的努力

都是填饱肚子的必须

生活有些艰难，理想也很具体

但作为遵纪守法的模范

不与天地争，不与人类争

甚至，不与好吃好睡的猪争

也有惊世骇俗的时候

虽然歌词省略

引吭高昂的雄唱

黑暗就此离去

黎明跃然出世

如果不是雄的

少叫两声也无妨

那就翩翩起舞吧

舞的最高境界

就是不停地下蛋

下蛋不是什么小事

如果没有丰沛的爱情

哪有这么多无私的奉献

（2017年2月3日）

做一些意想不到的事

从明天起

我决定做一些

你意想不到的事

我要努力偷着乐

把所有的快乐

都偷到我的心里

我要尝试见好就收

好还没来，你就收

坏也就没什么办法了

我要学习虚度光阴

面对岁月，谦虚地度过

直至时光全部褪尽

一滴不剩

总之

做一些你意想不到的事

就足以，做一个

你想也想不到的

开心鬼

（2017年4月17日）

劳动者光荣

把灵魂放到身体里

将思想置于阳光下

如清晨一样干净

像春天一样明亮

缠绕亻是生活的全部

游荡只能加速理想的慌乱

说能做的，做能说的
歌者放声，舞者纵情

像蜜蜂，为了爱情
以欢喜的姿态
从事愉悦的劳动

——劳动光荣，五一快乐！

（2017年4月29日）

小满述怀

看去庶几无两
其实已经不差
执手轻若鸿毫
或许了然足够

生活宁无完满
理想自不短缺

阴晴从古难料

爱情还在人间

感谢微澜荡漾

有胜长风万里

赠我几许欢喜

消却一生轻狂

（2017年5月21日）

美人自有天相

纵然我有春风词笔

又怎能写真小河的婉约

与白云的飘逸，还有风扶柳

多么小心翼翼的温婉

明是惊世的明，媚是骇俗的媚

天上掉下的，天人之相

可时光另有图谋

总是一次次，一点点地

戳穿你倾城之容颜

把你撕碎，让悲剧活着

你如何迈过这一道道的坎

红色的命运

终究挡不住黑色的尖锐

然而坦诚极之，又怎可束手

五内慧者，其态善也

所谓美者自在风流

所谓美人自有天相

（2017年10月14日）

再见金边

在云中飞

飞到你身边

我多么想

我那么难

给我一双翅膀

还你万水千山

给我一片天空

还你朝暮情深

——泰戈尔：天空没有留下翅膀的痕迹，而我已然
飞过。再见，美丽的金边！

（2017年12月3日）

曼谷你好吗

我在这里没有往事

不用将心肠揉碎

为那些又开又败的花儿

致歉，或者言不由衷

我专心致志地抵达

过程简单，结果

也不是为了留下什么

风过群山，雁别惊鸿

如果有些轻盈随我而归

我的心，就会拥紧温暖

那么缓慢

多么悠扬

——凌波但作轻舟至，妙曼只为鸿雁归。

（2017年12月7日）

心念意结，祝你平安

我喜欢春天的花颜
也心驰冬天的阳光
这些在红尘里的开放
让我灿烂
让我百转千回

而对于远方的你
那么陌生，多么熟悉
似乎不在，又能常来
心念平安，意结温婉
那么远，那么近
纵然万水千山
犹胜咫尺相伴

满山红叶念我时
春风已到桃花渡
高低自下原无意
万千风流你是谁

（2017年12月25日）

别样的想象

——写给黄山

今天我见到雪了

这算不上一个巨大的发现

却足以让我喜出望外

很久没有这样认真

凝视洁白清冷的神韵

在寒冽之余

我的温暖来自

雪一点点被阳光融化

风过头顶，到处是壮丽的山峦

有些冰结在长长的石板坡上

还有三三两两用力的挑夫

如此这般，和雪地一起

让我对这片土地

以及刚刚打开的崭新时光

既心怀敬意

又充满别样的想象

所有的美丽都源于洁白

惊鸿多为短暂

一切高度都起于平地

飞翔只是例外

（2018年1月1日）

又见雪飘过

有多少柔情

需要倾作这漫天的飞舞

有多少痛楚

需要击中心扉的抚慰

爱是最优柔的姿态

爱是最美的表白

世上还有什么

如此轻盈，如此深切，如此坚韧

直要把生命深处的生命叫起

直要把大地所有的爱一一唤醒

天上或非人间

爱是唯一听得懂的语言

生活多么小

万物多么沉静

我飞翔

然后我融化

（2018年1月6日）

春天来了

开心的时候

我很小

小到整个世界只有我

因为小

我很亲切

温暖的时候

我很真

真到全世界只剩下沸腾

因为真，你最懂

哦，春天来了

同万物生长

和阳光嬉戏

抱着大地的怀抱

我多么简单

我多么踏实

（2018年2月12日）

正月红

美好的事物在一起

黑夜就会睁开吉祥的双眼

光明致生命纷飞

从生活中抽出一些欢喜

分发给白云，乳燕，芒草

还有桃李和春天

你给了这么多祝福

理想，就这样出发

做一个坚定的善行者

从此，踏上一年的征程

于是破土而出

于是万物生长

于是春天起舞

于是满目惊鸿

桃李红时，我在路上

春舞枝头，我行远处

（2018年2月16日）

滇池夜话

许多年前，我有幸目睹你的芳容

没有忧伤的面庞，只有花

才能绽放的微笑，一晃而过

就算没有掀起一些涟漪

单凭想象，也有千百年的波澜

在心的深处

今夜为什么不一样呢

春暖花开的时候，却是无语

使出浑身解数

捉住一个极其隐秘的词

翻着看，顺着念

直到什么也没浮出水面

我才知道，哦

原来是比孤独还要美丽的传说

——今夜月色，只有滇池。刘禹锡：长恨人心不如
水，等闲平地起波澜。

（2018年3月31日）

浅草

四月过了

花儿肯定谢了

谢了的每一朵

都很光荣

都很空洞

如同每一阵风

吹过就吹过了

华丽之身

不占有一寸土地

也有低矮的一些

抱着不经意的土地

勿营华屋

勿谋良田

不展高枝

不追春风

不求红极一时

何须浓妆艳抹

宁静可以致远

何须先声夺人

浅生浅长

情深意深

（2018年4月23日）

星辰

不是因为爱得太多

是因为刚刚好

高不可攀

又近在咫尺

其实没有走远

而你就在星河的下面

牵手的那一刹

闭上眼睛

就越过了经年

说是夜雨十年灯呵

或许还在心头

那么多烟尘没有淹没

我的身，你的影

又何必随风

说是满空的灿烂

其实不过是

在不该错过的地方

多待一会儿

只多待一会儿

星辰比阳光

只多了一点点期许

爱在生活里

就有了那么些光芒

（2018年5月3日）

天籁之约

思人一念
须问好一声
心向往之
愿今生有约

树从未静
不是因为风
在天空飞
惊鸿照向谁

那么用心的相望呵
那么温柔的遇见

等风来
等雨来
等云来
等月来
等你来
等我来

（2018年5月6日）

夏天，请原谅我

我让春天的每一朵
温柔地绽放
然后施展戏法
一枚枚果实，骄傲地
迎风飘扬
辽阔的天空
因此饱满，怀激情
一场大雪，接一场
我和大地
大地和天空
因此喜形于色

而我对于夏天
总是心存侥幸
以为不用种下
以为不必叫醒
以为可以像俗人一样
让风吹过去，再吹回来
以为可以亭亭玉立
以为可以一尘不染

以为可以

在沉醉的时光里

做一个

沉醉的舞者

不能忘情

却一地灿烂

渴望清凉

又何曾停止过燃烧

我穷尽一生

依然努力地生活

依然奔波在

花的季节，和

阳光充沛的每一天

可为什么

我的春风笔

写不尽夏天的

这种火候，和

奔腾的爱情

——透彻不过清凉夜，燃烧怎比五月天！

（2018年5月28日）

少年如风

如果阳光开花
请把少年时光
还给我

你曾送我天真的小河
你曾送我弯弯的月亮
你曾在我长大的地方
种下一棵
欢喜树

现在
草木欣欣
阳光灿烂
月亮忙于和情人对话
欢喜树和小草结缘
而我的少年
已随风而去

最是痴痴小荷田

翩翩明月照天边

风去何处无人问

只水解我花样年

（2018年6月1日）

八月的风吹着月亮

到了差不多的时候

也该放一放手了

因为你想揪住什么

什么就会多余

整整一个夏天

这些热度照在脸上

寒气却悄悄进入身体里

耐不住吼上一两声

也不见得有什么不同凡响

现在，八月的风吹来了

八月的月亮也大驾光临

我满脸的和善

不是因为我温柔

而是我拥抱的幸福

就像一条风吹的河

欢喜浮出水面

月亮闪闪发光

却在河的下面

（2018年8月5日）

秋风初渡

每次你经过的时候

我就想

你也是从春天过来的

和我一样

怀揣泥土和稻香

在拐弯的地方

遇见一枝红玫瑰

或许还有爱情

从温暖到炽烈

一路走过

都是沉醉的样子

现在
你和鸿雁结伴
从天空飞翔而过
给大地带来了些许凉意
这个时候
正是花和果子要分别了
泪别锦衣袖
朱颜辞韶华
你又和我一样
怀揣爱情
但面对忧伤

你舞尽荣华
我是赏花客
你欲走还留时
我且问一声
悄然向谁去
白月光可还在

（2018年8月31日）

九月也有芳华

总有一些温和的风

在九月

叫你停下匆匆的脚步

这个时候

你该好好看看自己

看看鸿雁

要朝哪个方向飞去

如丝如织的雨

看似毫无章法

却是亦快乐亦忧伤

你认真听去

不用细数

点滴在心头

哦

什么风吹来

就有什么雨落下

天空和大地

白天和晚上

有的风生

有的水起

而我

除了一声问候

还有不欠不伤

——九月，不欠不伤。

（2018年9月3日）

像月亮一样幸福

我想

这些叶子落下来

就再也回不去了

不过它们能证明

一季风雨

已经是幸福

其实所有的事物都这样

比如彩虹

又比如爱情

可惜遍地都是

这些落物

过一些时间就不见了

于是我总喜欢落下来

还会升起来的事物

它们的幸福

就是我的幸福

月亮落下来

之所以还升上去

那一定是因为

就算是痛苦

也要尝试

下一次的幸福

——落英只为风雨去，何如月光照九州！

（2018年9月6日）

罗马你好吗

到了七丘之城
你就不能不回到
两千五百年前的春天
那个春天的花
在七丘山上
一直开到今天

有人说
此城不是一天建成的
这就好比说那个春天的花
不是一天开完的
又有人说
条条道路通此城
可是你如果走错了方向
一辈子也到不了这里

所幸我已顺达此城
此城的秋天
已开满半山的红叶
然而此城的天空

依然飘着两千年前的云彩

这些云彩

看上去有一些虚弱

却保持着漂亮的身形

你认真看去

她们多像七丘山上

开了又谢谢了还在开的

那一朵

不败之花

——若有罗马在心中，岁月从不败美人！

（2018年10月7日）

永远的巴乔

——致米兰

一个不算久远的年代

居然记住了那条漂亮的小辫

在风中的伦巴第

划过一道道弧光

让忧郁的足球

顿时快乐起来

时尚就这样定格在
圣西罗,和
这个阳光充足的亚平宁
说不上磅礴,却够结实
加上一个好听的名字
就足以让你和巴乔一样
称得上风流倜傥了

巴乔离开圣西罗
已有一些年头了
如今的伦巴第
依然长着快乐的面孔
而我冒昧地造访
就是要寻找
米兰的巴乔,和
巴乔的米兰

——还记得谜一样的米兰10号吗?在我看来,当年圣
西罗蓄着小辫诗一样奔跑的巴乔,就是米兰。

(2018年10月11日)

白月光

遇见的时候

多想把一些光芒带给你

就算不能照亮前程

也要让你的夜晚

顿时明亮起来

实际上

每年朔风将临的时候

我都会看着天边

极目远方，要问

流星过后

谁是白月光

经年的夜晚

光芒是否在

在我诗里的你

是否还是当初的模样

白月光最后说

天凉加衣否

恻恻入梦无

——我行千里流年在，唯有心中白月光。

（2018年10月24日）

春江水

——纪念臧天朔

过了这个季节

你一定不知道

在澎湃的深处

居然有一座山

依然是笑傲的样子

春江水顺流而下

不要写明故事的出处

自然有一船明月

把所有的险滩打倒

依然是洒脱的样子

说着就到了遥远的草原

变回一匹浪漫的马

就这样奔腾而来

不，是一双

一锤定音

把一个年代的相思

带到了云端

——春江花月前世照，曲不绝响到来生！

（2018年10月27日）

刚刚好

有些已经很好

有些正在很好

眉目对话时

低下刚刚好

花水相照时

涟漪刚刚好

在路上很好的

在天边很好的

峰回路转时

遇见刚刚好

卷绕天涯时

回眸刚刚好

欢喜很好的

寂静很好的

我心烦忧时

你来刚刚好

红尘纷扰时

微笑刚刚好

（2018年11月6日）

第N次来上海

不要以为与她谋面N次

你就可以和她相谈甚欢

不要以为与她第N次握手

你就可以和她把酒倾情

她是大户人家的大小姐

她长发齐腰，有暗香盈袖

她的美荦荦大端

善填词，写一手好字

何须浅碧轻红色

自是花中第一流

她的风雅理直气壮

她依江傍海，神情饱满

西施在溪边干活的时候

她就和白月光跳上伦巴了

一曲朦胧，风靡千年

她是一树红玫瑰

她是一枝夜来香

你可以对她充满遐想

但她不是你的女人

（2018年12月15日）

厦门的门

到了厦门
你才知道
厦门的门
有一半朝海开着
任由海风
进进出出

于是浪鼓足勇气
跟着海风
不知疲倦地翻滚
在门前
一个鲤鱼打挺
立地成屿

站在厦门的门
天涯海角
尽收眼底
风云际会
更胜浪花

（2018年12月30日）

跨年感愿

一、2018结语

当年轮驶过历史
让我们豪迈地对自己说
哦，我们曾举起风雨
在山高水长的红尘
就算深一脚浅一脚
我们没有辜负
这段光辉岁月，和
没有停下来的远方

二、致愿2019

愿所有的烦忧都是流萤
星点飞过再不回头
愿所有的愁绪都如云烟
一刻过眼不再浮现

愿所有的欢欣都如空气
每时每刻从不离开
愿所有的微笑都是繁星
闪闪发出你一生的光芒

愿所有的困顿都是丝絮
随风飘散一去不返
愿所有的怨嫉都可消逝
浴火重生回转良意

愿所有的爱都如磐石
生根在你我心中
愿所有的情与岁月共长
一念真切直寄永远

——别去此岁飞如雪，致敬新时又一年。念念真切
曾记否，山水长阔再相逢！

（2018年12月31日）

问过晚安

昨晚，我梦见
这个冬天的第一朵玫瑰
在一群树木的陪同下
横空出世
她盛大，明媚如星斗
坐在一条河流之上
叫着我的名字

今晨就想
被一朵玫瑰叫着名字
并且叫醒
是这个冬天已经怀上了春天
还是我被这个冬天击中
一朵玫瑰高瞻远瞩
让我鼓足勇气
在还俗的路上
随她走进春天

（2019年1月12日）

等春天

年终不用总结
就知道
有些风雨已经浅隐
有些花蕾准备开放
阳光忙于照耀
来年停不下来的物事
最诡秘的那一部分
在你不经意的时候
也在生长

这就说到了桃花
说到了无所不能的春天
她们如此深入人心
并且让你荡气回肠
是这些高高在上的妩媚
和包罗万象的空白
还有一些，在眼前

一生都在追赶

一生都够不着的

最美的期待

（2019年1月29日）

大地回春

那么

我愿意做一粒雪

在投奔你的过程中

以饱满的飘逸

和最优雅的语系

说出心中的挚爱

并且带着一群雪

将所有的惊鸿

都落到你的实处

然后开始融化

直至姹紫嫣红

直至你的动容

长出真正的洁白

（2019年2月4日）

早春书

最重要的事
是向春天写封情书
不说爱与不爱
不急于请求诸多嫣红
叫醒所有枯的叶子
埋头的花瓣
和我一起登上枝头
以伟大的姿态
一片接一片
直至花团锦簇

（2019年2月8日）

黄鹤桃花

也该她出场了
在盛大的土地上
莺歌漫过了汉水
祝酒词堪比流火

杨柳们站在江边

就等一声令下

那年

我和唐朝的崔护一样

向着田亩深处

扯着嗓子引吭高歌

崔护终于抱憾而去

我却喊来了一群黄鹤

和一树比人面羞涩的桃红

从此以后

每当经过此地

我都要写下一些温存的句子

就像今天

一大早邀来了春风

对着黄鹤许下温情

并且叫醒桃花

与我并肩而行

——武汉的早春。

（2019年2月9日）

最美的情节

愿所有的辽阔
都有你倾心的部分

愿全部的时光
都有你倾城的样貌

愿所有的奔腾
都有你如水的温柔

愿全部的嫣红
都是你一生的情节

——一生风雨为谁去，最是人间浅红时！

（2019年2月14日）

春光

背对阳光的时候
有一股暖流
整个人置于很高的境地
在和天穹接壤的过程中
鼓舞着走向前方
并下到红尘

生活就是这样
当你遇上明媚的事物
你也就成了明媚的部分
你只要和它在一起
就已经很好了

这不
我刚出家门口
春光就不期而至
"那就待一会儿吧"
我把春光请进门
要和它待上好一阵子

（2019年2月16日）

关于春暖花开

终于
我从霜花的尽头
来到了草地的前沿
以另一种欢颜
重新，并且认真地
触及这些即将发生
和悲喜无关的事物

因为经历了融化
才懂得悲喜的两极
实乃同一个源头
所有的延伸
都朝着同一个方向
躺在河流之上
总有一天
要在浪花中醒来

这就说到了某人的某生

说到了仿若隔世

说到了某个朝代的梦呓

说到了一树灿烂的桃花

说到了坚实的时光

说到了硕大的情爱

说到了愁肠百结的屈子

说到了风流倜傥的李白

由此及彼，追本溯源

你终于明白

哦，眼下的春暖花开

其实就是你身体的一部分

（2019年2月21日）

珠江

她在和一座城说话

说前世的过往

说今生的日常

说辽阔的远方

说最小的希望

她的和善在骨子里

她的温婉在血液里

她的澎湃在内心里

她的从容在苍茫里

一个如花似玉的名字

听着和奔腾无关

但所有的走过都是激情

而所有的激情

都是款款风云

——走近珠江，情满珠江！

（2019年2月24日）

物语

冬雪刚刚飘过

春花就说话了

从这里开始

向着嫣红的某处

带水的叶子

长着清浅的欢喜

似乎也要发出

这一季的声音

"千万别错过啊"

秋天仁在前方

但并不遥远

要是形成果子

是不是就圆满了

（2019年2月25日）

别致如花

美丽的结果

是一个简单的过程

白天倾心阳光

就算没有照耀

在心中，明媚也从未消失

珍视良善

就会像婴儿一样

在夜晚的沉醉里

开出细小的鲜花

不经意地茁壮成长

然后发现

所有的事物都格外柔软

美丽的容颜

就长在思想的上面

让她不老吧

在红尘

愿你总是温柔如花

世界因你而别致

（2019年3月8日）

春树

我愿意是一棵树

骄傲地长在春天

高出天空的部分

属于阳光

接近雨水的部分

属于大地

在泥泞的深处

用尽全部力气

负责任地站稳

然后是热爱

和所有张开的双臂

紧紧地握在一起

但不纠结

不缠绕过往

及至每阵风吹过

舞出比月光还温柔的

一往情深

（2019年3月14日）

季节行吟

一、春语

又是销魂季节

你和我在里面

谈论的不是风月

不是雨水来临之前

情爱以惊人的速度生长
我们谈论的是桃李
谈到她们何时出发
要把我们带到何方
我们还谈到青山
青山将以怎样的蓬勃
指引我们天天向上
当然，还有潮落潮涨
我们谈到一条大江
关于它的浅入深出
关于它的平涛巨浪

二、春行

春风欲登临，
桃李几重新。
饶是青山远，
更向远山行。

（2019年3月17日）

南通夜话

今晚，你已经醉了
在幸福的江北
小雨刚刚停下
在某条小巷的深处
我们的对话便从那里开始

不是所有的开始都是开始
不是所有的相见都是相识
你和我之间
始于某次不经意的相逢
而深刻之所以深刻
已经长在彼此的心中了

好像不要说什么煽情的话
"要来看我啊
我准备了许多的酒"
大江通向海的地方
酒是水的一脉

山高水长，肝胆昆仑

那么远，渊源流去

可能是一辈子的事了

（2019年4月16日）

美好的事物即将发生

不用等

美好的事物即将发生

青青草克服了野火

在微风的带领下重见辽阔

天上的雨下到了地上

江湖的灯火已经点亮

上游的水已至滩头

大海已做好了接纳的准备

一匹马在奔腾

等消息的人听到了蹄声

一只鸽子发出咯咯的笑

一群鸽子在天空谈情说爱

杨柳寂寞很久了

归舟即将停下与之重温过往

还有坡上的一树山花

懂它的人已经来到

哦，这一切不用久等

在桃李相逢的一季

我带着自己，带着全部的欢欣

要与所有美好的事物高歌一曲

与它们舞蹈，与它们相敬一杯

（2019年4月19日）

我如春江水

春天

我也曾恍惚过

走在大街上

多像一条游走江湖的鱼

时而安静

时而推波助澜

繁花照在水的深处

我在红尘的端头

春江水听上去多么好

朝着一个方向

不知结局地奔忙

而我

多想做一个坚定而温暖的人

不管春天走得多快

春江水多么辽阔

繁花和鱼多么欢欣

我依然朝着海的方向

明亮，不容置疑

不舍昼夜

直至江湖夜雨

和所有的鱼

在浪花的指引下

再次回到温暖的怀抱

（2019年4月26日）

同一片天空，你在哪里燃烧

最早看到的不是星光

是一棵草茁壮的身姿

是一匹马在草原上奔跑

是一块石头在拥抱自己

许多事物不曾停下

还有些事物在寻找合适的居所

山花比任何时候都茂盛

它们正在创造一种语言

与未来的世界接壤

而我真正关心的是

鸟儿是否真正获得了天空

所有的事物

可否不再背负无人知晓的命运

还有你

在茫茫人海中

这一刻，是在仰望天空

还是在继续劳作

（2019年5月1日）

当是少年

鲜衣怒马

在当年

一首诗

带着世界

去看长安花

春风桃李

在当年

一杯酒

带着李白

醉倒江湖

肝胆昆仑

在当年

一杖剑

带着长河

直取残红

（2019年5月4日）

念

毋庸思之久远

一念即可穿越红尘

山在水的上头，你心里想

水便哗哗地流过

举满目的芳菲与气息

一座山顿时活色生香

整个世界亦活色生香

抑或无须登临

峦廓之自在矣

无须提灯高照

峰回是路，你心里想

当真翩翩然，莞尔

你心里满是花

一个世界是花

你等的人，就随花而来

（2019年5月10日）

草木之香

相比于浩荡的春风
此时的草木越发牵动柔肠
所有的花蕾都长上了翅膀
在月光的照耀下
神情饱满，翩然起舞
你已看不出它们曾经的忧伤
在快生活的尘世中
清瘦的一排长出了光泽
结果子的好比怀春的少女
就算行将零落的那些
挥手告别时也挺直了腰杆

只有经历了如水的夏夜
你才真正进入了繁花深处
你才知道一颗茂盛的心
是这样向着高远和辽阔
不管能否结出丰硕的果
都曾经美丽地绽放
如此这般地姹紫嫣红

（2019年5月15日）

柔情似水

一滴水带着微笑
我带着热爱
尘世有时很清
但市井繁茂
一滴水在风里
走过绿草地
一些果子就熟了

一滴水很饱满
一滴水如此辽阔
所有的水在一起
世界是不是真的很大了
时光在稳步地向前
一滴水还是当初的样子
温柔地，与爱相拥

（2019年5月28日）

必然

一条道路是必然
如同我的家乡
油菜花黄，稻香，小狗，星星
很早就向着远方

一些相遇是必然
如同我的爱情
错过，总是错过
直到有一天如梦初醒
哦，错过的也是爱情

一些水是必然
一些青草是必然
一条河是必然
一座山就更不用说
它们走近，嬉戏，合体，融化
生下许多孩子
都是温柔的样子

都是骄傲的样子

我的少年是必然
如同我的现在
劳作，唱歌，饮食，奔走
不在东方踟蹰
就在西方闪烁
也是，很温柔的样子
很骄傲的样子

（2019年6月15日）

做一个幸福的人

什么时候
我可以做一个幸福的人
只围绕山水
无须面对乌云
雨下到心坎
形成夏日里的凉
雪飘进身体
一个世界都是洁白

之后就是花蕾

这些像爱情一样的花蕾

开满了我的全身

却一点都不嫌多

阳光在需要的时候出现

照亮你的心头

也照亮我的心头

总之，一切都很好

我和所有的事物

一起飞翔，同时展开

幸福因此成立

爱情因此成立

（2019年6月27日）

枕边书

哦，纯粹而美好

给我许多惬意

告诉我一个故事

领我会见一个城堡

这些夜半的清光

让我紧握温柔

在尘世里，拥抱

枕畔的芳华

让我遇见你

不是隔世的修行

一生的经纬

需要足够的臂力

每下一笔

都如滴雨落在苍茫

而我追逐的每一行

都好比一缕风

在夏夜

凉到了心田

良夜因此接上

霞光满天的吉日

（2019年7月6日）

小千世界

或许和你一样

我已不习惯过于宏大

一片绿叶

已足以荡漾我的春心

让我回到树上

迎着阳光慢慢生长

一只小狗

和她说一会儿话

然后一起

在生活里蹦跶蹦跶

一条小路足够长

来来回回已觉宁静

和一滴雨舞蹈

整个夏日都心旷神怡

放得下自己的地方

小，正好小睡片刻

还有那些风

多么好

就算只有一阵

也得以清凉稍许

和你肩并肩地坐着

手中剥一些青的豆子

把呈现出来的时光消磨掉

也是一种幸福

（2019年7月8日）

仰俯情牵

漂亮得像个姣字

矫情如一个妖字

可你仍然在土地上行走

一日三餐，没有比这更俗的了

不管怎样冰聪雪貌

总避不开人间烟火

你本身就是人间烟火

一阵风不可能把你吹倒

所有的雨落下

你仍然在河岸

像一棵骄傲的芭蕉

惟有仰俯回转的情牵

让你低下头

那不是历经岁月的沉思

那是你

在这片广大的土地上

万万不能错过的

前世依凭，今生托付

（2019年7月14日）

恣意最美

好一个快意人生

把酒喝了

把不敢说的全说了

一日千里

野马有时更雄健

站在风的最高点

笑那些低垂着头的云

忽又下到红尘

被雨淋个通透

真乃天凉好个秋

在陌上行走的公子
何必与潘安相比
乱我心曲的香毒
那是落雁洒下的雄黄
如此纵横的身形
造出一个飞舞的情字
被公子温润于怀
为妖姬念在口中
合酿的药力巨大
一日三服
管他什么副作用
恣意之美
终于练成

（2019年8月18日）

殊幸是你

我需要确定无疑的
水和食物源源不断
徐来的清风和我照面
海啸一样在胸中翻涌
那种无坚不摧的回响
身心荡漾不离不弃
让我有过如此真切的
就该是一生殊幸了吧

如果那个地方不属于你
你要在第一时间离开
如果你正流连繁茂的京华
你得勒住得意的马头
或者干脆下得马来
寻一条小道，原路返回

最简单的生活才是你的
最确切的爱应该珍惜

高山流水拨动你的心弦

巴掌大的泉眼，汩汩而流

那里才是你烧水做饭的地方

（2019年8月22日）

三亚夕阳

据说爱是垂直的

从高处落下

如斯壮怀激烈

爱的动荡大于壮丽

因某一瞬间的巨大焕发

湛蓝变成了金黄

最深处且最生动

集众爱于一身

就是要诏告天下

这里才是公子佳人

今晚下榻的爱巢

在最遥远的地方

以即将沉没的方式

日日重复着，我爱你
然后才是姹紫嫣红
在万里长空，今晨
以伟大的形象升起

（2019年8月25日）

飞翔

在生活的洪流中
你总能发现小小的惊喜
不是一只大雁飞过的那种
只是一只麻雀掠过地面
很小，小到可以忽略的部分
可是当你回过神来
你不由得发出惊呼
哦，生活原来是如此小的飞翔

也要感谢一些姹紫嫣红的相逢
停下来是不可能的
从春天来到秋天
麻雀是带着巨大情爱的

她飞得越高，情爱的分量愈重

直到肆无忌惮，两只麻雀

在生活的洪流中

仍然激情满怀

这就好比你和我

（2019年9月3日）

小城奔流

在我的内心深处

有一条明亮的小河

在我童年的故乡

那里洒下过好看的月色

将一个叫石的小城

照亮了一代又一代

让一切回到久远

久远又从今天开始

安于田亩的人还在

忙于远行的人更多

古时候的巢穴时隐时现

今时的涌动也未曾停息
长满河岸的杨柳
以欢欣的姿势顺流而下
远方的回声顷刻响应
足以还原童年的故乡
和我今生的爱与哀愁

（2019年9月9日）

给翅膀的人

给蜻蜓一双翅膀
给蜜蜂一小朵花

都是平直而小小的
朝着春天的方向
夏天的热在斗室中
可桃子熟了李子熟了
秋天小有收成，现在
小小的们远走高飞啦

身在原地又心可移地的

给需要翅膀的何止春风十里

雪也下得很小
可一再照亮天空
天空的飞翔
因此温暖

——三尺台经天地，五寸烛照河山。写给老师。

（2019年9月10日）

贺州行

上了高铁
你就不要想着退回去
当空间的闸门打开
你或许真能飞檐走壁
这不奇怪
当一种生活被另一种生活带走
一路向西，过不了多久
你就会在广袤的土地上找到某个归宿

老皇历记载的今天

适迁徙，宜婚嫁

你要去的地方已经风生水起

云游的方向决定了云游的重量

这就好比跟谁谈情说爱

比谈情说爱的结果重要得多

叫贺州的地方真不错

听上去是多么的喜庆

长出的花草一定别开生面

那好吧，我们就去那里生活

喝那里的水，吃那里的饭

让水土融入身体，思想像一棵树

看上去老实巴交，但满心欢喜

做一个得意扬扬的蓬蒿人

（2019年9月19日）

飞得更高

一棵树站起来了
一些草雄姿英发
他们的健硕从头到脚
他们的柔情从地到天
飞翔不止是生活的本领
心可移地是这个时代的更高

一片原野熠熠生辉
一群马终于吃饱了粮食
百尺竿头，一日千里
他们把一个原野的星星之火
带到了另一个原野，脚下生风
整个世界于是风华正茂

一片大海闪闪发光
挂在顶上的帆终于扬起
他们不是从这个岛到那个岛
他们正从海角走向天涯

他们不是一个人用力

他们澎湃，壮怀激烈

辽阔，纵深，更高

（2019年10月1日）

银川你好吗

不是很辽阔的原野

种下如许伟岸的山峦

叫齐这么多的慓将悍马

不是一个朝代，飞舞千年

这里的江山依旧如画

长在深处的流水

组成雄浑的浩荡之身

从古往来到今天

那些时候

走出去谈何容易

顺着流水

春天从另一个方向

寂静多年的贺兰，这座山

只在一个英雄的词牌里出没

而今山还是这座山
流水依然朝着伟大的方向
银色还是一马平川
可这些莲花却高高举起
胡杨有了新的归宿
一匹骆驼高高在上
骑在上面的人要出发啦
顺流而下，一往而前
打开就是碧海云天

（2019年10月11日）

树在深秋

一棵树那么有力
它宣称接近了天空

立挺在深秋
缘于爱情最蓬勃的部分

因为懂得而深刻
根始终扎在大地

现世安稳，但爱有波澜
笃定于斯，任风吹云动

（2019年11月7日）

从三亚归来

行于山水之间
忽觉天人老矣

一些风吹进我的胸膛
它们代表着一个季节
或者不仅仅是一个季节

浩瀚的平静之下
一定有着更加巨大的波澜
于无声处的沧海桑田
正在将一个冥想者彻底唤醒

退一步和退一百步
从一开始就是结局
海阔天空你想要的
终归还在咫尺之间

只有号角吹在心坎上
帆不得不发
海是你生命中的
爱也是你生命中的

——你听到和看到的都不是使命，你要做和要做到
的就是。

（2019年11月19日）

致敬2020

告诉你也可以
我有足够的底气
恭候你的盛大光临
在你到来的时候
我们不说再见

坚定和你一路同行

我的思想比身体广阔
光辉岁月不是消磨
我的未来提前来到
行于当下何其欣然
只要你心存高远
没有什么可以阻挡
最温暖的话说给自己
最浪漫的时光交给爱人
我们同时用力
这一部分给理想
给生活留一处空白
那里存放阳光和水
然后握住你的手
握住我生命的全部
和你的远方

那么
我将以最饱满的柔情
还你一场最深刻的美丽

（2019年12月31日）

向日葵

向日葵又开一朵
如此欣欣而饱满
当你义无反顾地靠近
所有的孤寂一扫而光
肩并肩向前多么好
阳光照在坚毅的脸上
彼此的欢喜心照不宣

因为爱着这个世界
以最灿烂的表情迎接
光明抵达的时候
你身处大地，舞尽繁华
接壤光明就是接壤爱
你把它们留给了尘世
尘世的容颜因此美丽

（2020年1月6日）

岁末年初的阳光

不觉岁初就这样开始了
不过阳光来得正是时候
不热也不冷，特别明亮
照耀在山河的每一处
也照耀在人间的每一张脸上
大地因此欣然，我亦欢欣

于是在一片林子的尽头
我选择的是安静的草地
因为阳光照耀之下的一颗心
需要听得见万籁之声的回响
不沉溺是因为过去已经过去
明天正好是阳光继续的方向
可以和每一棵树打声招呼
和草地交流顿感芳香飘溢
忘记凡尘一刻，都不同凡响

凡美好的都历经照耀又安静如初

我热爱的总多于我厌倦的那些

前路的明媚之光，也是我这一刻的倾城之恋

（2020年1月15日）

春天就在你的左边，或右边

不管你在原地

还是迈向故里的途中

你都要放下肩负之重

轻盈是你要跨过的前奏

把一切掏空，阳光自上而下

不要纠结变幻的人世

将疲惫之身置于清池

曲水流觞，就算醉

也要消弭浊气之萦绕

然后飞向晴朗的天空

做一只喜鹊

和许多喜鹊，翩翩飞

春天就在你的左边，或右边

（2020年1月21日）

叁

◎

我无悲喜和你说

我无悲喜和你说

转身的时候
似是故人进入良夜
遇见群星
却闪入黑暗

有些花蕾开放
恰似鼓舞的群星
就有些叶子落下
那是纷纷的时光
一滴一滴
直至全部褪尽

再回头的时候
已是黄花葱茏
寂静的大地
盛开的不是悲喜
是菩萨畏的因

和作为凡夫所畏

我的果

——如果人类不再仰望星空，大地的意义何在？和
爱因斯坦一样，史蒂芬·霍金带走了宇宙的秘密，
还有谁知道良夜在哪里？

（2018年3月15日）

事随人好

不管你愿不愿意

春天总是如期而至

花丛盛开，没有迟疑

群燕归来，义无反顾

风雨也不例外

有些悄然润物

有些点石成金

但有一些，还没有来

就已经走了

我哪里敢怠慢

又怎么能置身其外

作为世界很小的一部分

我要和春天风雨同舟

或许用尽所有的力气，也还不够

所有匆匆行走

多少华发早生

让我分不清哪些风雨随春去

而哪些风雨在心头

来也行，去也罢

我对春天说

你是自在的，我是自在的

你来我恭迎，你走我不留

我对自己说

风是风，雨是雨

尘归尘，土归土

一切有尽可有

所有失尽可失

或许事总会好

但愿人总会好

（2017年3月3日）

落花知音

想想，其实也没什么
生活就是意料之外
突如其来的一阵风
有一些飘在红尘
有一些落地成殇
也有一些，如盈盈春水
萦绕碧野，向着蓝天

不记得多少风雨兼程
不记得多少真切的行走
不期桃红柳绿
但忆疏梅相逢
辽阔自当辽阔
去者何以无语

是什么还在明媚地照耀
是什么还在寂寞开放
谁道人生无再少
此情只有落花知

（2017年3月17日）

愿一切向好

世间钟爱，岂止花木
一生守护，惟有真纯

执手相看，满天繁星
舟行千里，晓月惊风

花去燕归，暗香无言
浊酒楼台，共我一杯

千树放眼，终归桑田
今者昔也，此心此情

有些值得努力
有些值得追忆
有些无从再来
有些必须放弃

——谨以深圳律师协会会长的名义，真诚感谢这些年
支持深圳律师业的各位朋友，也要特别感谢各位对我

本人的帮助、关心和支持！前路莫问风和雨，此情可
待成追忆。他日或有重逢时，报与人事可相安！

（2017年4月7日）

我且素面朝天

我满怀寂寞的欢颜
追随这些或明或灭的时光
我踟蹰于微凉悠长的此岸
且看水中月升起又落下

山水行尽，云浮如初
风雨何所以，彩虹何所以
来或非时，去亦可也
请许我一了再了
请许我素面朝天

——我对萨特先生的理解是，阳光照耀什么，阳光
便有什么理由。而更重要的是，反之亦然。

（2017年6月23日）

抬头不见她

出若惊鸿照影

没若踏雪无痕

历经漫长的寒季和纤弱

但作坚不可摧的丰盈

那不叫富贵

那是不用修炼

与生俱来的底气和从容

一切不用言传

意会直达天籁

泱泱之秀，浑浑之煌

是什么开示这盛开的瞬间

用什么加持这闪烁的光芒

来为何来，去为何去

请从头来，且从头去

让我从此，不再离开

——得机缘，会大师，得示非凡。但持善者，善益善也。拙记：见花如水去，听音或传神。欲知歌者谁，抬头不见她。

（2017年9月21日）

我心飞扬

怎么是这样
平静而仓促
每一次穿越
都是一次庄严的告别
沿着落日的方向
戳中那些隐秘的痛楚

时光令人恍惚
彼时蛰伏于地下
此刻却仿如天上人间
让你分不清
三十年河东如何
三十年河西又怎样
也让你无法分辨
哪片天空属于你
哪些流水与你有关

你是生活在尘世
还是飞翔在梦中

没来得及落地的理想
是否就这样飞走了
还有一生纠结的爱情
是中场稍事休息
还是一声哨响
就此打住

去者如斯
来者又何以如斯
昨天和今天
是否完全趋同
今天和明天
难道要彻底分开
而对于前世今生
你有着怎样的困惑
究竟是前世照亮了今生
还是今生重复了前世

——岁月无羁，请原谅我红尘颠倒。

（2017年10月20日）

不能没有风

当白天和黑夜各怀心事

人群中就有人高喊口号

有人耍三节棍

有人练穿墙术

也有一些,在躬身劳作

(一日三餐是那么的微薄)

剩下全是清一色的淑女

不是淑女就练易容术

凡无所依恃,必若有其事

当一切如烟飞逝

请给我如许结实的空荡

让我清空具体的存在

把怀着伤体的可能性

全部打回原形

当形迹可疑的爱起身远走

让我不动声色地

将庄严的孤独拥入怀中

让我与虚无接轨,从此

安静地游荡

也让超载的世界

依然载歌载舞

为了让结果浮出水面

整个过程就不能没有风

风吹着爱

不停地吹

吹落一地

直至真相大白

（2017年11月6日）

花开庭前

我不算钱财，不算富贵

我只算运气

什么时候运气发光

照亮通向幸福的前程

什么时候，当一切刚刚好

让我遇见你

共你真情相伴

我不求天中丰隆

我不求凤目龙睛

可以读懂春风

是我一生的荣耀

有一副铁血肝胆

足以让我跃马昆仑

还有慈悲心肠

可以宽纳山水长流

我不算前缘

我不求来世

我只算今生

种下的桃李

有几许花开庭前

有几许果结红尘

我只求今生

平步乡野

总有清风与云共

穿山越海

且留凡心在人间

——青山或无语，我自响无声。

（2017年11月8日）

雨落在石头之上

相对于有，我接近于无
相对于满，我倾向于空

开始是雨，不停地打滚
和泥土，心生欢喜
在根部结出了果实
花开时，就成了落下
落在石头之上，让石头
幻想长在心里
无论放在哪里
都那么老实巴交
坚硬探进了大地
柔软已不为人知

（2017年12月30日）

凡人凡响

没有什么不可言说
还有什么让我心动
不曾想过风生水起
总是无端此起彼伏

去是生生不复之去
来是营营不预之来
悲是莫可言状之悲
喜是无自由来之喜

生活可以马马虎虎
爱情可以如水流失
命里注定三生若是
坐看云起两手成空

冬天无尘
我仍碌碌
干净的冷

总让我怀想炊烟

都说吉人自有天相

凡人，有时也不同凡响

——餐无预乎，眠无安乎？何以营营，何以恻恻？

（2018年2月3日）

听心

开始的时候

我要安静一会

我要听见水的声音

每一滴，融化的欢颜

我要听见鸟在空谷

飞翔前的咿唱

我要听见小桃，瞬间

在枝头绽放的小语

还有每一滴时光

落在地上

比羽毛还要轻的微响

再安静一会儿

是在停下悲喜之后

合掌听心

我要听听无尘的心

要我去到哪里

去到哪里的心

可以让我

在安静一会儿之后

再安静一会儿

——在清澈的时光里，让我们听听无尘的心。

（2018年2月18日）

冬天已经过去

想想冬天就这样过去了

像阴郁风骚的彩霞一样

酝酿了那么长时间的深刻

却被风雨搅得漫天纷飞

还不知道怎么发力

就落下与凡物相伴

其实也曾漂亮过一阵子

落雪的时候

当过一回天上的飞仙

之后就听见很多追捧的语言

还有人间的许多祝福

什么吉祥如意

什么长乐未央

话音未落，一切就结束了

其实所有的冬天都差不多

和这些祝福一样

既不虚伪，也不真实

想深深地拥有

却浅浅地过完

（2018年3月2日）

无语即飞翔

你不必安静
你不必优雅
但至少不要像一只鹦鹉
总是欢欣鼓舞地
说学逗唱

不要以为学会了人类的语言
就可以用语言取悦人类
不要以为鸟语后面
总是花香一片

再丰满的羽毛
再漂亮的身姿
如果不能飞翔
至少
你可以什么也不说

——飞物翩翩过，却是无声时。

（2018年4月3日）

一场批判性对话

不管多么刚强
是不是有一些灰暗
此刻，我们都很壮烈
试图淘空对方的怯弱
如果不够，就沉默
暴风雨般坠落之后
炉膛的火势升起来
燃烧过后
再一次燃烧
感谢你呵，朋友
你原谅了我的不真实
却让颤抖的生活
在你我之间，多了一份踏实

今夜，趁着炉膛大火
让我们最后一次敞开胸怀
让我们更偏执一些，像刀锋
撕破真理的表象，莘莘大端

直接进入事物的核心

我们不谈爱情，不谈女人

不谈逝去的青春年华

不谈灵魂中的枝枝节节

我们就谈若干年后

谁能捉住那些倒霉的真相

谈谈已经欠下的一切

谈谈未来的债由谁偿还

如果结论相当空洞

那也没有关系

剑走偏锋

让我们带着伤痛

更沉，更醉

然后逃之夭夭

（2018年5月2日）

我等于我

不是简单地重复

不要抽象地叠加

饱满的愿望

不等于具体的生活

多出的都是浮萍

横长的都是赘肉

虚化的高度

让你错失脚下的根基

满溢的流淌

终归干涸于瞬间

沉浸大于

却陷小于不能自拔

以为约等于

可一脚踏实

到头还是两手空空

朋友，请听我说

简单的工作重复做

重复的工作认真做

今天的我，要等于明天的我

人间不弃方寸小

最是真切勿忘我

小小的我，才是大大的我

山起平地能望远

流水俯下方奔腾

低一些的我，才是高一些的我
我看明月多妩媚
明月邀我对春风
温柔的我，才是亲切的我

哦，能量守恒
一个多么精准的定律
我等于我，生活的方程
就这样算尽我的前程
和一生的梦想

（2018年6月7日）

流泪的树

——致敬他满怀良知

在花丛中
假装一株蔷薇是幸福的
在阳光下
假装微笑是幸福的
在睡梦中，假装
什么也没看见

迎风飘扬是幸福的

不是一开始

就是那棵最高的树

当一些事物变成另一些

在空中飞

肆无忌惮的风

就这样飘来飘去

举伤痛之身

飞扬跋扈

双眼掠过群山

就会流泪

脚踏疼痛的大地

就会温暖

——它率真,它深刻,它孤独,它坚韧!一生尽向
风和雨,有谁知他寸草心!

（2018年6月9日）

心中的菩提

不知菩提会不会
可是我眼前的树
已经绿过千百遍了
它们绿的时候
都很光荣
它们摇身一变
莘莘大端
比任何事物都繁茂

绿的时候，人类
习惯性旋转，如行星
若有其事
在转动久了之后
怀抱伟大无知的它们
因为树的绿
倏然温暖了一下

菩提本无树

一片绿褪去

一片绿生长

——念念生，念念长，念念不生，念念不长。

（2018年6月13日）

惊鸿久别

山水回转

我们需要如许辽阔

起千里迢迢

看长风漫舞

在惊鸿久别的日常

与一些细小的事物

在这里相遇

把毕生的愿望

和感觉中的冷

和盘托出

直至一切如初

温暖重上心头

上辈子太难的事
今生不复强求
如期而至的这些
就算注定
也要说声珍重
你来，或我来
你往，或我往
那一念
已浑然天成

怀抱空空
星辰冉冉升起
天长地久
我们就此别过

——长风漫舞，端午安康！

（2018年6月18日）

凡夫俗语

——致友书

哦，朋友

我和你一样

满心欢喜的时候

怀想春暖花开

总想在辽阔的天空

做一只振翅的鸟

不要很高，可以飞

在愁苦盈怀的日常

宁愿向风流泪

也不要囚禁在

风吹不到的地方

哪怕一生

未曾有过惊天动地

也要把生活叫响

终是且战且退

也要守住海天一角

就算俗不可耐

也要举酒一杯

甚至关于两情

不说永恒

不求轰轰烈烈

不伤前生，不欠来世

此生缘修，此生惜也

呵，亲爱的朋友

我们就是这样

纵然怀抱空空

须作良人入梦

就像一个真正的凡夫

充满无知

充满爱

（2018年6月26日）

一个悲观主义者的悲观语录

到了差不多的时候

你就觉得，人生

不过且战且退

就算一切顺其自然

也要等到神出鬼没的那一天

而当你活得毫无道理

一抹春色

让你倏然惊醒，坐看云起

为什么欢愉如此短暂

就算眷恋写满了天空

可为什么

悲伤还是飘落了一地

云从天边起

我随风月来

山水已行尽

坐看又如何

——哦，请给我一个欢愉的理由。

（2018年6月29日）

活着的样子

我想，仅仅活着是不够的
要活得轻盈而抽象一些
面对行云流水般的星辰
你什么也不说，迎上去
尝试让自己像花冠一样
舒服地展开，认真地
把降临到人间的光亮
揽入怀中
再发放出来
你就能持续地感受
这些像爱一样的热度
这些热度
就足以让你的生活
重新燃烧起来，并且
有一种优雅的样子

（2018年7月3日）

不要随风吹

——与己书

不要想有什么

更好的结局

就算有天大的委屈

你也要掐住自己的人中

丹田提起

不要发作

告诉自己

认真做一个好人

不管还有多远

忠诚总比背叛好

而对于坏人

你也不要怨恨

他们通常活得都不错

那也没有关系

再大的风

吹着吹着就散了

重要的是

你不要随风吹

更不要急于
做一个坏人

（2018年7月17日）

什么都是小事情

——致友书

过不去的时候
你就停一停
在原地静目
轻轻唤自己的名字

过不去的时候
你就想一想
什么都是小事情
生命阳光最重要

过不去的时候
你就放一放
记住梦的样子
把心事告诉白云

（2018年8月6日）

空山夜雨题

一场空天夜雨

掠过满山红叶

让层林尽染

让秋色空濛

让我摇曳如斯

穿越如晦的岸

走向光明的海

非是前夜纵情意

何来满空一片红

小涧应知深山路

要去奔腾作浪花

（2018年8月13日）

今晚，我们就干一件事

想来风雨按不住
需要雷声的响令
荤荤大端，宣布
这个秋天的大驾光临

过了争春岁月
夏花已灿烂多时
要一拍两散了
是否有些欢喜
还在飘摇的风雨中

今晚
我们什么也不干
就听风雨
和雷声的响令
像当年的东坡
一蓑烟雨
回首向来
也无风雨也无晴

（2018年8月22日）

老肖不打牌了

作为铁脚
老肖曾说
不打牌
生活没意思

可是那天晚上后
老肖断然退群
屏蔽了所有牌友

老黄急了
发短信
老肖你还活着吗
老肖不回

老黄反复问
老肖终于回一条
我打不过你们
我干点别的

老黄劝说

别的有啥好干的

过了几天

老肖又开口了

我不打牌了

打牌实在没乐趣

牌友传开了

有人说

老肖输惨了

打牌确实没乐趣

也有人说

连老肖都不打牌了

说明生活真的没意思

还有人说

半个月后

老肖还会回来

老肖会回来吗

——来自"钢铁长城"的报道

（2018年8月28日）

百千浪

多年以后

我还在想

究竟出于什么

让我如此沉醉

这些风度翩翩的身影

和神采飞扬的面孔

这些多情的人儿

举手投足

就把一个时代的相思

写到了深处

现在

还有没有一个上海滩

让大江一发不休

爱你恨你

问君知否

何时潮起潮落

重翻起

心中的百千浪

——当年的《上海滩》，当年叫许文强的周润发。

（2018年8月30日）

秋风起

每当秋风起

就想起

总该有些事

比预料中的好

叶子黄了

老树尚健

太阳走早一步

白月光还在

小河的水凉了

却越发清澈

那里有一双会说话的眼睛

说着说着

就把秋天说醒了

每当秋风起

就想起

云欢喜的时候

梦在何处

月荡漾的时候

花落谁家

一身轻舞

烟波稍纵

我当倾情如斯

（2018年9月11日）

千年等

谁要我

千年等

等红莲清浅

等花转深红

谁要我

千年等

等竹帛生香

等青梅老去

谁让我

千年等

等缘修不觉

等造化缠绵

是谁和我说

爱你一万年

就为这一句

我已等，一千年

一千年

不算远

是谁和我说

只要同你舞

此生不空度

哪怕风流泪

也和你

走过万水千山路

哦，这一刻

请向月上看

请掰指头算

你爱我

一万年

我等你

已千年

你回的，前世眸

我等的，来生缘

今生还有九千年

——春风化作前生雨，今生且作来生渡。顶上红月
未开言，休说千年已等久！

（2018年9月13日）

云月静好

要这亘久的相随

只为绵绵一生的念

曾记否？峨嵋的约定

二十四桥的夜

我们要稍稍停留

我是巫山千年客

要到长空伴君行

舞尽平生清光气

君不离兮我不散

且乘风，卷绕天涯

几时执手照家山

且破浪，翩翩海角

何日共醉相转回

——云月静好花树舞，我且停杯共与之！

（2018年9月24日）

月亮没有如期而来

祝福的话说了

赞美的话也说那么多

那我就告诉你吧

中秋月没有如期而来

不是因为别的

月亮也有一些自己的事

我还要告诉你一个真相

月亮正在想着一个事

是否要离你我远一点

而事实上

他正渐行渐远

——科学家指出，月球正离我们越来越远。得知此况，
太白伤心不已，感叹：舞尽一生狂，只为明月光。奈何
明月去，我且伤断肠！东坡达观，安慰太白：明月不还
乡，休怪作诗郎。青天若自在，就有明月光！

（2018年9月26日）

花水临别

感谢你许许温柔

如花照水的瞬间

我曾轻漾

风拂柳在岸边

我亦舞尽尘心

还有月落半山

那时我是溪，正好

执手向远
多想沧海共渡

如今春秋分付
远山要去
天涯自便
就算红尘多扰
也要静修经年
琼池谢客
花样归零
就算相忘江湖
也要说一声
开的姣情俏意
欠的日好夜安
今日一并归还

我是琼池天上客
花水相照在人间
可怜雪落春山上
化尽柔情终飞去

——就此别过，一向安好！

（2018年9月28日）

假日沉思录

当你想起一件事
你惊讶地发现
你已忘记另一件事
而当你什么也想不起
你反倒会舒一口气
随便找一个地方
在那里自由行走一番
你会觉得，呵，生活
在空白的地方
原本才叫踏实

直到有一天你觉得自己很宽广
你又会把这些事重新想起
你会觉得你是森林
足够让虫蛇栖息，小草发芽
你会把自己比作天空
任由鸟群自在飞翔
你是大海

所有的鱼儿都在浪里翻腾
但有一点你想不明白
用尽一生的力气，为什么
你和这所有的事物一样
都不是无懈可击的

深南大道的边上
在这样一个欢欣的夜晚
我在里面
看着荡漾人心的这一切
想到这些
心为之一颤

（2018年10月1日）

战场

即使一个人战斗
也要对自己说
有得一拼
枪林就在面前
咬咬牙，说

不能退

不要以为子弹和你无关
它们飞来的时候
你也在射程之内

只有他
比子弹更尖锐
然而他受伤了
但还没倒下
不能倒下

（2018年10月12日）

晚秋

我多想
在深秋的寂静中
做一个温暖的思想者
好让清朗的风流
拥簇这许多的孤独
和我一起

进入某个冬天

可是风起的时候
完全不顾我的思想
我向左，她向右
就这样
寂静没有了
我还存在吗

（2018年11月9日）

远点

如果有一天
我以倒叙的方式
从生命的远点写到今天
再从今天写到开始的那一天
我是否可以充满笑意
对自己说一声
这样就很好了
黑暗和光明刚刚好
烦忧和欢喜刚刚好

你到和我来刚刚好

情欲和爱意

伤别和痛楚

刚刚好

从今天开始

是我要把生活填满

还是生活

要把我彻底淘空

我为生活加入了什么

我未来的样子

是不是这些所有

加在一起的样子

还是什么也没有

正如我离去时

空空如也的样子

——东水离离一声笑，尘云共合几多情。西北长天
挥马去，我辈岂是问愁人！

（2018年11月13日）

红尘外

翻过千山万水

终于和你一刻相倾

然后把倾念留下

留下一池清水的莲香

在波涛中轻漾

而你竟然不觉

像一个小小人

在那里欢嬉

而当你回过神来

满池的香已将你环绕

你只要闭上眼睛

做一只小小的蝶

隔着寒来暑往的红尘

自成一体，与我翩翩

——多少红尘，一世倾情！

（2018年11月18日）

等等看吧

是呵，等等看吧

如果你的耐心足够消灭一个冬天

春天就一定会像一颗种子

破土而出

如果你的等待已经让秋月动容

白月光，你心中的白月光

一定会在卷绕天涯之后

越过前世，照亮你的今生

如果你望着没开口的石头

深情足以持续一个时代

那么石头说出的话

就一定会从你的今生

响到来生

以至于在前行的路上

你也要按住自己匆忙的心

不要急着揭开远方的谜底

远方藏在你身边的某处

一首诗藏在某个人的心底

你总会遇见它

正如爱，你慢慢打开

它一定就在里面

（2018年11月19日）

就会问自己

听到花的声音

就想起了远方

就会问自己

下一个春天

是不是和你一起

姹紫嫣红

看到水的清颜

就想起了浅蓝

就会问自己

悠悠的那沧海

是你前世的舟

还是我今生的渡

接住了一片云
就想起了一滴雨
就会问自己
这落下又升起的
是云化作的泪
还是雨飞起的念

（2018年11月22日）

风雨

感谢一场风雨
让我们
在大地深处交集

尽管一句话也没说
短暂的相望
我像一棵树
而你是一滴水
顿时逃离了人间

风雨说出了一切

包括眼神的交换
心满意足之后
欠缺的那许多
等下一场风雨

风雨给出的答案
是隔着尘世的吻
好似空欢喜
多么美

（2018年11月27日）

在寒风中奔跑

在寒风中奔跑
告诉自己
就算风流泪
也要把脚印
刻在这片土地上
也要把微笑，写在
停不下来的远方

在寒风中奔跑

告诉自己

就算雪无言

也要把芳华

舞在经年的深处

也要在清冷过后

打开

我心中的姹紫嫣红

（2018年12月13日）

记得对自己说

在拥挤的城市

一个人在风中

记得对自己说

在我孤独的身后

一定会有温暖的身影

在清冷的时节

一个人在路上

记得对自己说

在山水相逢的远方
一定会有最温柔的遇见

在花树繁茂的深处
一个人在红尘
记得对自己说
在彩云飞渡的长空
一定会有骇俗的惊鸿

——告诉自己，我孤独，我温暖！

（2018年12月18日）

冬至旧事

第一次出远门
就写下许多白色的句子
在江边
我对所有的雪说
为什么
你们总在浪漫过后
不停地流泪

然后

就试着回到从前

以飞蛾的勇气

努力地扑向大地

一场接一场

直至江流涌动

那一年

初出茅庐的我

对着纷飞的世界

在一条叫长江的岸边

就这样

写下一生最浪漫的句子

冬天的眼泪

（2018年12月22日）

岁末无声

几乎用尽所有的力气

让一颗沉寂的心

在匆忙中

抵达红尘的深处

然后回到人群

哦，我还是那个我

多么坚信能量守恒

不仅仅此消彼长

生活的定数

仍靠努力打拼

种下一粒种子

就会打开一片春天

经得起阳光的照耀

就必尝黑夜之寂寥

谁没得失心

谁无相思苦

发际散向风云

鬓霜平添几分

（2018年12月30日）

让时光明亮起来

我们恭迎时光的到来
就像恭迎生命的诞生
而时光亦不负众望
不等我们回过神来
已随冬雪飘然而去
片片成为过往

对，从现在开始
不，从这一刻开始
我得看紧每一片时光
不要让它像影子一样
在阳光下悄然滑过
我要用心口贴着时光
为每个瞬间贴上标记
认清哪些属于自己
在每个瞬间离去的时候
道一声珍重

可这远远不够啊

我要让每片时光安静下来

在我生命里待上一会儿

让我从容地张罗些什么

或者放进去一小段落思想

和爱人牵手走过某条小径

要不然，在微笑里

做一个色彩斑斓的小梦

让每片时光明亮起来

然后，把这些时光连结成片

告诉世界

生命阳光最温暖

（2019年1月3日）

冬花

为什么可以
在如此深的红尘
在寒风里
你的嫣红
如飘雪
落满了空山

就算刻骨的痛
仍繁茂如初
每一朵的开放
是痛
也是欢欣
像满天星
既寂寞，且温暖

岁初寒正浓，
花开叶向暖。
飘飘何所以，
春事或可期。

（2019年1月6日）

三月，要发生什么

即便瘦弱之躯

在三月的雨水里

也顿感清浅挺拔

如虹的世界

那一刻被彻底贯通

何谓醍醐灌顶

春天进入我的思想

我就明白了

哦，凡伟大之物

必累积于点滴之丰盈

所有的发生

都是神工的不遗余力

据说一种爱情

也必将发生在三月

在充沛的水草中

也是瘦弱之躯

历经千年缘修

突然如莲一样蓬勃

绝色之嫣然

昭告全部红尘的败退

霁雨前三月，

细风入故里。

芳泽非犹可

直是洛城花。

（2019年3月7日）

怀念一个人

怀念一个人

就是怀念他的瞬间

不管春花秋月

还是雨骤风疏

他如一股静水流深

那一刻的清澈

照亮了全部

瞬间不可能是永恒

瞬间却让你怀念永恒

置身春晖里

可能是因为一声问候

微笑让满园开放

有些灿烂只是阶段

有些相遇却历历在目

比如一个故人

他从风雨中走来

又在阳光下和你相遇

他和你曾经停下

世界也因此停下

这一刻不可能是永恒

但他走后

你对他的怀念

便成了永恒

——多少风雨后，几度水云间。才忆相逢面，不敢
思故人！

（2019年4月8日）

你不见了，世界还好吗

习惯了在最高的漆黑里
一束光穿透红尘
习惯了太阳西下的一刻
一抹红云横空出世
习惯了月光如期升起
照亮如水的日常
习惯了河边的一枝杨柳
轻摇着唱一支小曲
凉风在身边吹过

哦，生活多么好
尘世多么欢欣
唯独满坡的山花
这一刻不在灿烂的原地
一棵草紧拥自己的身体
雨水依然充沛
而你不见多时
世界一片空落

——春天无处不在，你在哪里？

（2019年4月11日）

愿你浴火重生

——致巴黎圣母院

在四月的雨水中
我和许多漂浮的事物一样
心系远方，昂首向前
迎着繁花再次盛开
我以坚不可摧的执念
发愿此生永不沉没

及闻四月的塞纳河畔
巴黎圣母院在火中沉沦
突感许多事物难以救赎
爱情已不可能固定在春天
我惊诧于如此静美的时光
刹那间把赠送我的
又从我的手中取回

——雨果曾说，或许巴黎圣母院很快就会从大地上
消失。尽管如此，他仍充满信心，他说，我们肩负
重担，昂首前瞻！

（2019年4月17日）

跟着时光走

我知道
尽管生活反复无常
我还是追随着时光
理想常常漏洞百出
爱情有时捉襟见肘
我还是不能放弃
走在春天里
带着一些忧伤
"还是去爱吧"
如果时光倒流
我依然执着如斯
但还是现在的样子
心怀谦卑
骄傲地前行

（2019年5月8日）

生活的可能性

关于生活的可能性
我确定，我不是无限的
自由和爱情只有那么多
在梦里的时光就那么多
在烟火红尘，以及
日复何其多的劳作与奔辛
我的局限性还在于
每当坐看云起
总是山色空濛
你要的峰回路转
其实已经水落石出

可我仍然不能确定
为什么时光推着我加速前进
我在哪个路口与你相遇
又以何种方式与你作别
还有我对世界
以及世界对我的态度

是我笑看风云

还是风云席卷我的全部

最后，我也不能确定

如果世界停下来

我，将在原地舞蹈

还是继续向着前方

（2019年5月20日）

想起孔仲尼

走在大路上

孔仲尼，他唱道

何日君再来

坐在餐桌上

孔仲尼，他说

一块肉那么丑

他拒绝进餐

站在庙堂上

孔仲尼，他一转身

听众全跑了

挥手在川上
孔仲尼，他指着风
"你把我吹走吧"

——你知道史上最风趣幽默的人是谁吗？孔仲尼！他
性情天真，充满智慧，辩才无碍，极之可敬可爱者！

（2019年5月24日）

端午小语

当一株幽兰站在江边
当深蓝的目光仰望苍穹

当优美的文字顿时孤立无援
当所有呐喊唤来的只是空寂

深爱的故土
你为何形容枯槁
洁白的幽兰

你为何总是哭泣

那就给一条江吧
一条江的眼泪
能不能流尽所有的忧伤
要不给一座高山
一座高山
能不能看见
顾盼生辉的大地

（2019年6月7日）

餐语

真正让我心生敬畏的
是那些摆在桌上的食物
它们并无什么期待
却心甘情愿
日复一日地呈现
又消失

它们原本长得都好

都很努力地向上

在土地，在海里

甚至在天空

只要有人下手

它们的道德就是

只要你敢下手

它们就上得了台面

人类的逻辑则是

在欣赏春花秋月之前

必将把桌上的美食吃完

有比没的好

多比少的好

我亦很好

割伐宜适

这是食物之语

（2019年7月23日）

三伏天

比起炙热的三伏天
有些瞬间就格外凉爽
放得下风的地方
那里有人喃喃细语
只有他们自己知道
比炙热更炙热的
是一阵风的凉爽

雨下到很小的地方
下在他们歇脚的地方
他们停止了劳作
面对面地坐着
雨没停的意思
既然雨懂得一切
他们就无言
无言地相拥
在风雨进出的三伏天

（2019年7月28日）

秋天是否要来

春天肯定过了
夏天也慌慌张张
一头撞进了三伏
劈头盖脸的阳光
不容分说地照进身体
骨子里的温柔
被阳光捏出了水分
让我走在大路上
满脸的伟岸与雄健

听说秋天很快来了
秋天可不是虚张声势的
风说停就停，雨说下就下
该成正果的
全都挂在高高的枝上
不愿迎着寒风抖擞的
就知趣地退出了江湖
更多的落在了地下

和尘土一起等待来年

此时阳气十足的我
虽未长成圆满
也不落在地上
重新来到温柔的树上
不断地繁衍
直至火树银花
照亮了全部世界

（2019年7月29日）

兰因絮果

没有人挺直腰杆
去听一段八卦
但你真的动了魂魄
一些眼泪
就从别人的故事
流到了自己的心里

当初树上开的

现在枝头结的

一些是真实的美丽

一些是飘散的因果

不是所有的姹紫嫣红

都能成为花花世界

两朵好看的花

两只甜蜜的果

梦醒时分，一拍两散

又怎能生得了欢喜

至高至明日月

至亲至疏是什么

两只鸟在林子里

两只果在枝头上

无风无雨最好

无疾无怨最好

凡得厮守

白头相共之为寿也

何须两宽

不别不离多好

（2019年7月30日）

万物知秋

问我为什么悲悯
遮住我心的那片叶子
终于落下了帷幕
趁万物纷涌之际
告别最后一根枝节
然后飘然而去

赤裸在阳光之下
每个时代都短小精悍
一层层附作之物
竟如此郁郁葱葱
雨水的作用临近尾声
就算拥有伟大的爱情
也要在孤独的淬炼中
按风的节奏落下

不要说望穿秋水
那些浩浩荡荡的情爱

因为一片叶子和许多叶子

此刻亦不得要领，忧心忡忡

然则田亩的金黄

以及填补叶子的果实

哦，不要慌

总有一些更丰盈的

在那里迎风飘扬

（2019年8月8日）

高于红尘

只作为一个思想者

伏在凡间，高于红尘

自拔于混浊的泥藻

接壤清澈的那些风

在驱散所有的云之后

建立了真正的辽阔

深入到天穹，和海角

而作为一个生活者

只在天空睡着的时候做梦

在大地上奔波劳作

累了歇口气，也会醉

那该是真正打动了凡心

爱情并不高于理想

但确实产生了

那就让它浮出水面

随着波涛起伏于整条河

一江春水就是一生

爱与哀愁，还有欢喜

没有什么流不尽的

（2019年8月15日）

绝世不遗，何以如之

一些约定如此期待
一些遇见如此不同凡响

这就说到您，亲爱的
辛苦过后
我会安静如小鹿
静静地听您的历程

故事也许很简单
就是一个恣意的人
遇到一只温润的鸽子
然后一起飞

是你和我
因为沉鱼落雁
所以闭月羞花

（2019年8月19日）

心在贤处

天籁是从天上来的
大地的舞者率先响应
麦浪一波接一波
与群峰翩翩
江河水奔腾的时候
总有一些醉者如爱情
人间原来如此之痴

青山碧水已不足以

肝胆昆仑已不足以

唯美不是一个章节

深入人心的词在我笔下

写下就是硕大的谢忱

你的丹心片片在兹

打开就是最美的春天

——谨以此，真诚感谢支持《华商之歌》的朋友们！
当美好成为一种生活方式，我们只有以感动和努力面
对。抬爱之诚，总可领略，谢忱之意，亦在多焉！

（2019年9月15日）

尘世之光

今夜星星没有造访

然而抬头已是醉了

有些比心还高的霞光

若无其事地站在某处

那肯定不是今世之永恒

却让尘世翩翩浮想

既然不想离开我的视线
那就还到尘世与我相伴
相顾无言，而心象合一
守住繁华的时光，和寂寞
这一生便胜过天上宫阙
和大地上的鬼斧神工

（2019年10月16日）

从渺小到幸福

不因渺小而卑怯
只要根接近了泥土
在原野升起是迟早的事
像一棵草一样幸福
前提是不遗余力
生长期不问艰辛

实际的辽阔超出想象
生活的故事大于描述
唯一不可忽略的是细小
小到称渺的时候约等于无

这个时候站着说话

星辰听不见，你内心听得见

你要有比星辰更高的定力

仰望带来的欢喜不叫幸福

从地里盛开值得一生庆幸

那么你得准备好食物和行囊

以及爱情所需要的特别忠诚

结实的心相当于结实的果

渺小归渺小，幸福归幸福

（2019年10月23日）

岁月走远，而你还在

还是那片青草依依

还是那个走马的少年

白衣飘飘，仿若隔世

在山水相逢的地方相逢

岁月高远而余生漫漫

所幸我们在一个伟大的时代

不断遇见又不断再见

而当岁月带你向前
我不再怀念走远的你
我怀念深情的我自己

（2019年11月28日）

使命

当碧水漫过青山
当大雪接近无垠
当冬天驶向浪漫
当奔跑接近飞翔
当高度超越高度
当万物长在春天
当种子拔地而起
当责任大于责任
当美丽高出美丽

（2019年12月7日）

海阔天空

因为海阔天空
所以别开生面

在命运转折的那些瞬间
我需要轻微的照耀
在我走出荒野的最后
我盼望一片大海清澈如初
在走入尘世时终于明白
我们相遇，已不止是缘分

每一朵浪花都在思念
来过又走远的英雄
因为爱与哀愁
我们浅后别离而深处重逢

因为蓝天之下的碧海
我们相见不是惊心动魄
但我们的历史却源远流长

我们沉醉过的绝代风华

正在将我们的此生变成来生

（2019年12月18日）

冬至

黑暗不等于严酷

但最长的黑暗需要坚忍

当浪漫遇到冷冽之风

生活在寒流需要勇气

这比江湖夜雨更难

既要光明，也需温暖

虽然是一道坎

你人生因此美丽

取飞雪照耀你的前程

粮食埋在地里，花隐身流水

都将呈现出特别的饱满

我虽孤独，但以笔取暖

一种力量蓬勃于全身

（2019年12月21日）

遇见

遇见你如此简单
来不及想为什么
说前生注定像个阴谋
说今生寻觅也是无稽
但那么大的人群中
你我同时停下
一定不同凡响

没有什么能说清原委
惊喜的目光说明一切
我们之间的距离正好
我们相见，但不恨晚

多年后我一直在想
和你相遇算不算奇缘
望着你居住的城市
虽不遥远，也没答案

（2020年1月7日）

我的年关

过了今天
春天将正式登场
属于寒风和飞雪的时间不多了
树草依然在睡梦中
生长前还要再等等
万物起步于蓄势
我仿佛看见了桃花的影子

这一年终将要过去
身怀果实的秋天已成昨日
冬天迟疑着怎样停下脚步
如果把悲伤留在这头
握住欢欣是你给自己的祝愿
告诉自己要像柳丝一样轻柔
但必须像阳光一样坚定
跨越尘世，照亮自己

而此刻我在城的这一头

挂牵着本要启程的那一头

当静美的天空呈现暗淡

街市就不可能是从容的房檐

世间的明亮需要多少照耀

又需要怎样温暖的怀抱

我高举着力气一遍又一遍和你

喊着桃花、樱花和海棠的名字

雨落于风中，它们必将盛开于江南

——一座明亮之城的暗淡，要相信阳光，它总会在需要且合适的时候照亮。要相信时光，"时光是一剂良药/缓慢地为众人疗伤"（诗人王志国如是说）。在终于决定不去武汉过年的今天，我仍念着鲁迅先生的"时间总是流逝，街市依旧太平"，心念意默，用力祝愿！

（2020年1月22日）

静一静也好

几千年前的传说
通过一种孤寒的文本
站在我的诗里
我忽然觉得
江山你不要去打他
所有的都该歇一歇
让天空闭闭眼
让大地和大地上的鸟儿们
也悄悄地睡上一会儿

谷物在生长前
需要把力气铆足
需要在一粒安静的种子里
学会谛听和感受
一小丛灌木缩在林子里
是在演习伸懒腰的姿势
她思考是最俊俏的样子

世间的沧桑大都来自打打杀杀

当沦为悲伤又有太多的无辜

这个时候就需要凝神静气

要像一粒谷种那样蓄势待发

要像灌木那样练习某种本领

不用大起大落，安顿好自己

引光源照亮黑暗的周遭

但一定要少安毋躁

和自己谈谈，就算无所事事

也要酝酿饱满的心愿

也要做最棒的样子

（2020年1月26日）

春天还有一段

冰还在土里

没有吹远的都是北风

雪很欢喜，纹丝不动的样子

整个枝头被压得抬不起头

花朵出不来

一座山于是孤苦伶仃

旁边的水流缓慢

河床的中央散发着湿漉漉的水雾

所有的庄稼都在等待

而人们对温暖的渴望

已大大地超过了粮食

围着方寸之地的我，和你

多想在阴霾远去的天空

把酒言欢

阳光照进窗户的那一瞬

我知道隐喻就将浮出水面

铆住丹田收住向远之心

一种正气的练成那叫善哉

凡来或去自有缘由

面对山河你有多少诚挚

春风即将启程

而你需要谦卑和耐心

（2020年1月31日）

二月，我们同时用力

二月，一种力量来自于亘久
大风中的我们正在拾级而上

每一双脚都不轻盈
我们正在越过一段苦难的文字

身边的大树洗心革面
一朵小花将自己包得严严实实

在寒风中的我们先要抱紧自己
告诉世界你内心的坚韧与温暖

把生命的密码找出，你和我
将逼近最危险的词请回原位

用最古典的方式表达谦逊和虔诚
然后一起用力，迎春风归位于山河大地

（2020年2月3日）

春风有多远

当隐喻呈现于繁华的街市
一声惊雷把人们带回安静

杀鸡宰鸭者放下了刀具
好生之德的人们开始登场

怎样从惊恐的安静回归平静
多少诡秘的物事需要一一解开

举全城的力气那叫众志成城
隔着口罩的心愿就叫祝你平安

流过泪的小草最懂得温暖的出处
所有真实的故事来源于醍醐灌顶

关于死亡和重生的博弈正在展开
春风战胜酷寒的文本即将载入史册

（2020年2月5日）

新年过了

当大开大合的年关被逼进狭小的通道
当满带笑意的脸不得不用一种严肃捂住
当欢天喜地的预言为忧伤和困顿取代

一个时代即将开启之前，我们
将一个新年过成了醍醐灌顶

不是所有的生活都能用幸福来表达
不是所有的爱情都能冠之以白头偕老
当这些艰辛的时光突如其来
我说，请原谅我在红尘中的爱与哀愁

在方寸之地和海阔天空之间
守护静谧的家园是多么的伟大
而我此刻仰望的星空
也正安静地回望壮阔的大地
和寒风中仍然相爱的我们

（2020年2月9日）

重温

面对天空
让我们重温鹰的翅膀
大地深处
让我们重温一行苦难者的足迹

而这一次
我不能轻轻地捧着你的脸
我不能把你的泪水擦干
我只能，深深地凝望你的眼
告诉你热爱依旧未改变

多么熟悉的声音
没有天哪有地
没有你哪有我

而今我以一个战斗者的姿态
以鹰击长空的勇气，俯冲大地
苦难需要一起叫走，而我们
要牢牢地把春天抱紧

（2020年2月12日）

我听《二泉映月》

告诉你一个天大的秘密
此刻的《花好月圆》
来得还不是时候

《二泉映月》的家底是一颗眼泪
听着听着你就流下了许多眼泪
流完泪你再去梦江南
你的抑郁症或许痊愈大半

此刻的沉浸是一服苦药的煎熬
不要在药力发作时唱什么步步高
《江河水》有没有去掉烦躁的另一半
那要看能不能叫醒碧崖上的灵魂。

（2020年2月15日）

遥远的周末

在茫茫的大海里航行
我看见了新的陆地
黑格尔先生多么动情
他要和赫拉克利特一起闯荡

江湖是一团火焰
烟雨红尘川流不息
燃烧的瞬间已成过往
你找不出时光的第二张面孔

上山和下山的路截然不同
每一片叶子都有自己的方向
你不能踏进同一条河流
后脚和前脚已是两个时代

而你此刻失去的
正是彼时拥有的
叔本华先生的一席话

亮出了赫拉克利特的家底

和你攻陷自身的秘密武器

一个讲万物皆流

一个喊逝者如斯

不要王位的赫拉克利特

和一生郁闷的孔丘先生

他们是一伙，是兄弟

哦，不要对他们图谋不轨

他们鹰一样的翅膀

仍在天空飞翔

——致敬赫拉克利特和各位先知，作为辩证法的奠基人，2000多年前，赫氏放弃王位，隐遁修行，一句"人不可能两次踏进同一条河流"，成为世界多样性的哲学诠释者，也让后世哲学家对他萦怀在念。他和孔子生在东西方的同一时期，当年孔子面对江河，一句"逝者如斯夫"，是不是与赫氏有着同样的观天照物之同悟与生命呼唤？我似乎从此刻阳光的正面，看到了两千多年前那个灯光摇曳的夜晚！

（2020年2月22日）

请让我

请让我握住阳光
请让我抱紧草地
请让我把一棵树
牢牢地接种在土地

请让我存活
请让我看见存活者
请让我奉上粮食
请让我迎回
那些悬而未决的生命
他们的春风安放之地

请让我记住
每个入口和出口
请让我在苦难者面前
流下一行真正的眼泪

（2020年2月23日）

肆

◎

愿天下有情

满庭芳·浪滔滔

碧野纵远，蓝穹争高。

徐徐清风照面。

千树竞色，正合雁翻飞。

哪料惊鸿漫漫，禁不住流云纷纷。

红城外，寒霜急骤，啸啸欲重来。

暗动，是此时，瞒山取海，作浪滔滔。

今夕是何年也？满眼望，莽苍苍。

伤行处，情何以堪，休教人憔悴！

（2017年3月14日）

秋风问

君行早,君行远。

君且为伊舞,君且为伊欢。

却问谁是梦中人?莫让空镜对愁眠!

我且为卿醉,我且为卿狂。

谁言人情不如古,教我相思一万年。

应知山高水长阔,如何当初不相随!

（2017年9月25日）

喜乐忧词

但说喜来忧还在，
却道忧来喜又生。
难得无喜又无忧，
可怜喜长忧更长。

茫茫物事因谁起，
区区喜忧为哪般。
世上本无忘忧草，
欲从心出忧更多。

（2017年10月22日）

空前

去去红尘偏不遇，
转转人间他是谁。
但行万水千山长，
可怜嫣红在天边。

半江秋水或无我，
十里春风定是你。
枉教回顾三千万，
不看来世看今生。

（2017年10月25日）

花开人去

问情情浓淡，
问缘缘深浅。
花开一枝春，
人去影成空。

（2017年10月31日）

临江仙·寒夜

寒催高树夜欲沉，寻归只是匆匆。
路客行脚已稀疏。
自问不知处，醉眼望云天。

却恨纷纷伤落叶，几时忆起绵绵。
忽听动静又为何。
惊风还作浪，锦江放长歌。

（2017年11月19日）

喜相逢

——为深圳安大校友会作

自从淮南挥手别，
几时驻马共衔杯。
淮南已行千里远，
到此相逢是吾乡。

半江秋水我何在，
十里春风应是你。
今年红叶为谁开，
青枫举酒道一声。

（2017年12月2日）

万象印象

敢是风情万多种，
不及明媚比当初。
天高自有天高意，
白云悠悠情更多。

峰回路转高低下，
影蝶狂转自乱迷。
何如清奇秀无声，
像是桃源玉自成。

——清流本无声，碧玉自天成。去掉俗中意，情比
水莲花。

（2017年12月4日）

乡关何在人何在

——悼余光中先生

自古鸿儒出江南，
从来才情好读书。
缘何文章多奇秀，
一生写作春风词。

惶惶乡愁满别长，
苦苦红尘情恨短。
下次路过红红雨，
潇潇人间已无我。

（2017年12月17日）

新年献辞

——写给2018

此番经年离别后，
浮云转去流水间。
座山深幽藏日月，
新霞衔笑扑面来。
不知桃花为谁开，
柳条先绿一枝春。

（2017年12月31日）

厨味

——记蒋溪林先生妙手

赚得闲心三两时，
木耳梗菜要不得。
肉香已飘千里外，
何堪美味在人间。

早岁农间识乡情，
知是粒米苦中来。
但谁深得东厨妙，
湘中才艺第一人。

（2018年1月20日）

年关

细细春回年关近，
纷纷雪落地冻开。
远看家山寒色重，
寻思吾乡父老何。

新枝不见庭前后，
旧花犹伴岁末风。
欲知前程谁与共，
依稀桃李出红尘。

（2018年2月5日）

贺新年

才将雄飞翩翩去，
转从天阙下红尘。
自兹健行三千万，
化作霓虹步步高。

春风伴彩多少事，
和煦同声远近人。
再开吉祥花一朵，
送到君家又纷纷。

（2018年2月15日）

宋人情深

便可扬名千多万，
江南再无黄花瘦。
风流不见秦淮海，
寂寞人间九百年。

至今寻清照，
何处是少游。
但无春风笔，
桃李不肯开。

（2018年2月21日）

李敖

寒光带刀天上鬼，
地雄横马快过妖。
巨笔缘何生文章，
出手风云纵群山。

敢指千年神仙错，
直言儒道都无才。
可怜毁誉全不论，
斯人去后再是谁。

——李敖，天纵英才，一代文胆，一生争斗，一生毁
誉。斯人去，人间寂寞何也！

（2018年3月20日）

花语

相知风水总不如，
两枝回眸尽生香。
蝶去无言才记得，
此花落下又奈何。

（2018年5月24日）

遇题

——记诗家林琳兄

空尽无去处，
心暖自生缘。
但与花相许，
何人不识君。

（2018年6月6日）

七夕小令

如梦如梅如红莲，
如树如花如流水。
自是多情犹胜雨，
须到巫山纷纷下。

静若梅风度，
动如月生情。
可乎痴心个，
要作花下人！

（2018年8月17日）

梦起

别梦惊心起，
风来夜忽凉。
只问星光点，
一向可安暖。

（2018年10月14日）

"华商"二十五周年念怀

二十五年事非小，
九千日月催年少。
从头算起人若干，
八百男儿尽杰豪。

休说弹指光阴老，
点滴心间总卷绕。
也有艰辛同步走，
风雨兼程路迢迢。

感我同行情意高，
牵手相持齐看好。
百年已是几多时，
扬鞭奋蹄战马啸。

（2019年1月18日）

君行健

——答赠北京律协会长高子程兄

山一程，水一程，
落霞流年似无奈，
笑看前头风云起。

深一脚，浅一脚，
江湖夜雨又如何，
行至高处但从容。

附：高子程会长词

拜年
霜染落霞流年，
沧桑明月助高树，
家和业兴猪年。

举杯

禅茶老酒纵谈，

吉祥顺遂天天好，

今生相遇惜缘。

（2019年2月6日）

初念如梅

些烟过眼皆成昨，

比肩人事更切真。

百年一见常回转，

万花千寻总是初。

须得三生常记念，

到此应是腊梅花。

纵有风云同日月，

如何还我意从容。

（2019年2月27日）

惜春新韵

红心初照杨柳岸，
绿意长开紫陌间。
次第波澜从远处，
等闲大地更欣然。

千里但行花一片，
万象宜情逐笑颜。
应知芳菲容易别，
如何不惜春风面！

（2019年3月3日）

众生吉祥

——读康兄文记感

万物随心不可得，
众生苦厄有谁免。
千般福德惟孝字，
无病无灾是圣人。

（2020年2月23日）